내일은 더
반짝일 거야

내일은 더 반짝일 거야

펴 낸 날 2023년 7월 20일 초판 1쇄

지 은 이 남궁원
펴 낸 이 박지민
책임편집 선명
책임미술 롬디
그　　림 민선
마 케 팅 박종천, 박지환

펴 낸 곳 모모북스
서울특별시 동대문구 왕산로81, 203-1호(두산베어스 타워)
전화 010-5297-8303 팩스 02-6013-8303
등록번호 2019년 03월 21일 제2019-000010호
e-mail pj1419@naver.com

ISBN 979-11-90408-39-4 03810

작은 행복을 찾아나서는 당신을 위한 짧은 메시지
내일은 더
반짝일 거야
남궁원 지음
모모북스

프롤로그

그 어떤 일이든 나에게 위기가 찾아올 때면
하늘에서 별이 뚝 떨어져 땅에서
껌벅거리는 모습이 상상된다.
금방이랑도 빛을 잃을 듯 애처로워 보인다.

우리의 사랑과 인간관계 그리고 앞으로 살아갈 인생.
모든 부분에서 때로는 우리의 하늘에 있던
수많은 별들이 곤두박질치고는 한다.

어떻게 해야 할까.
그냥 다 포기해야 할까.
얕은 숨을 내쉬는 나의 별을 외면할 수밖에 없을까.

한번 태어나 누군가의 가장 소중한 사람이며
가장 행복해야 할 나 내가 건강하게 웃으며 살아가야
모두가 비로소 힘을 내고 살아갈 수 있는 것이다.

우리는 우리의 별을 다시 밝히고
우주로 띄워 올릴 의무가 있다.

2023년 여름

남궁원

목차

1장

건강한 사랑이 가장 빛나는 법이야

2장

내 사람과 그 밖의 사람들

3장

나와 내 인생 이왕이면 지름길로

1장

건강한 사랑이 가장 빛나는 법이야

내가 원하는 사랑

시트콤 같은 사랑을 하고 싶어요.

평범한 일상 속에 활기를 불어넣어 주는
웃음기 가득한 에피소드들.

그러면서도 때로는 두 남녀가
처음 손을 맞잡을 때의 설렘과
깜짝 이벤트 같은 감동도 있는 그런 이야기들.

어둡고 그늘질 땐 다정한 포옹과
눈물을 따듯한 지문으로 닦아주는 그런 사람.

평범하지만 평범하지 않은 우리 둘만의 색깔을 가진
피카소도 인정할 그런 예술 같은 사랑.

자주 보자

연락 자주 하자는 말도 좋지만
내일 또 보자는 말도 자주 하자.

서로서로 바쁘고 일이 생기고
각자의 사정이 있기 마련이지만,
가장 소중한 건 우리 둘이기에
부재중이란 말은 휴지통으로 버리자.

너와 내가 함께하는 시간이
가장 중요한 건 틀림없으니까.
서로의 생활을 존중하면서도
꼭 틈을 만들기로 하자.

애정이 듬뿍 담긴 카톡도 좋지만
한번 만나 눈 마주치고 있는 건 또 얼마나 좋아.

바람

살다 보면 어느 날 나의 연인보다
더 괜찮은 이상형이 나타나기도 하고
선뜻 다가온 친절함에 흔들릴 때도 있다.
순간의 불꽃처럼 피어오르는 마음이
이상하다 말할 순 없을 것이다.

다만 아무리 밉더라도
근래 사이가 안 좋고 쌓인 게 많더라도
우리의 입으로 이별을 말하기 전까지는
내 사람을 속인 채 다른 사랑을 키우지 말자.

서로에게 씻을 수 없는 상처를 남기면
새로운 사랑을 한다 해도 가벼워지고
상대방도 나와 똑같지 않을까 하는 구렁텅이에 빠져
가난한 사랑을 하게 될 확률이 크다.

사랑은 갈라설 수도 다른 노선으로 이동할 수도 있지만
내 정거장에 두 개의 열차가 오가게 해서는 안 된다.

결단

오지 않는 연락 기다리지 말아요.
혼자서 서러움을 껴안고 있지 말아요.
나 혼자 상처받는 사랑 따위 하지 말아요.

그렇게 붙잡고 있을 노력이면
훨씬 더 나에게 맞는 인연을 다시 찾을 수도 있습니다.

불쌍한 건 당신이 아닙니다.
평생 자신만을 바라보며 사랑해 줄 한 사람을
놓친 그가 바보인 것입니다.

당신은 아름답습니다.
더 성장해 갈 수 있는 가능성이 충만합니다.

그러니 미련 따위 쓰레기통에 버리세요.
들고 있으면 땀띠만 날 뿐입니다.

미안해 STOP 고마워 GO

"미안해"라는 말을 자주 하지 말고
미안한 일을 계속해서 만드는 건 더더욱 하지 말자.
들으면 들을수록 지쳐가는 말이고
하면 할수록 작아지는 말이다.

내가 습관적으로 미안하다는 말을 자주 하는 사람이라면
스스로와의 약속을 잘 지키고
상대방을 조금만 더 신경 써 주면 된다.

그 대신 고맙다는 말을 많이 하자.
나를 위한 생각과 행동들
그 무엇 하나 당연한 건 없다.

"고마워"라는 말에는 마법의 힘이 있다.
사소한 것에 감사하고 자주 표현하다 보면
고마운 일들이 내게 자주 생긴다.

소중함을 잊지 말았으면

권태기라는 건 특별한 사정이 있지 않는 한 배부른 소리라고 생각한다. 익숙함에 속아 소중함을 잊어버리는 증후군이라 표현하고 싶다.

그러나 똑같은 사람과 하루 이틀도 아닌 몇 년을 함께하고 비슷한 대화와 다를 것 없는 데이트는 충분히 실증을 불러일으킬 수 있다.

단, 어떤 의사가 한 말도 생각해 볼 필요는 있다.

“2년 이상 설레는 사랑 같은 건 없어요. 그건 병이에요.”

그 어떤 황홀한 사랑을 하게 된다 해도 시간이 지나면 그놈이 그놈이란 말처럼 특별할 거 없이 익숙해진다는 말이다.

지금 내 옆에 있는 사람에게 마음이 시들어 간다면 한동안 그 어떤 연락과 관심도 가지지 않은 채 살아보면 된다. 결과는 아무리 늦어도 한 달 이내에 스스로가 깨닫게 된다.

그러나 나를 웃게 해준 그 사람, 나를 좋아하던 그 사람, 한때는 내가 죽을 만큼 사랑했던 그 사람을 생각해 보라.

소중함을 잃어버린 게 아닌 잠시 잊어버렸을 뿐이라는 걸 느낄 수 있다.

변화 주기

연인이 나에게 서운함을 자주 토로한다면
잘 들어주고 토닥여주는 게 가장 좋은 방법이다.

하지만 그럼에도 엇비슷한 얘기들이 자주 나온다면
무심결에 그 순간만 모면하려 했던 건 아닐까
되짚어봐야 한다.

모든 문제의 본질을 해결하기 위한 첫걸음은
지금까지와는 다른 변화를 주는 것이다.

가령 연인이 자신에게 관심이 부족하다 말한다면
평소보다 한두 번 더 말 걸어주고
연인의 관심사에 일부 시간을 내 동참해 주면 된다.

한 발자국씩 천천히 맞춰가자.
말의 힘도 강하지만 행동의 힘은 훨씬 더 강하다.

나를 위해서

나에 대한 사랑이 변한 사람.
아무리 말해도 변하지 않는 사람.

어떻게든 바꿔보려고 노력하지 마세요.
변할 사람이라면 진작 변했습니다.

이 사람을 어떻게 해야 하지
이런 생각하며 혼자 속 썩이지 말고
다 내려놓고 관계를 정리할까
생각해 보세요.

자기밖에 모르고
노력조차 안 하는 사람에겐

헤어짐이 정답입니다.

진실 혹은 거짓

거짓말은 안 할수록 좋고 해서도 안 되는 말이지만
조금은 융통성이 필요하다.

거짓말을 함으로써 연인이
슬퍼하는 경우라면 해서는 안 된다.
거짓말은 점차 확대되고
습관화되는 습성이 있기 때문이다.

반대로 거짓말을 함으로써 연인이 기뻐하는 일이라면
어느 정도 선의의 거짓말을 보이는 것도 괜찮다.

우리는 진실을 원하지만 진실에 쉽게 상처받는다.
그러므로 서로에게 도움이 되는 일 외에는
애초부터 나의 욕망을 조금 내려놓더라도
거짓말할 상황을 만들지 않는 게 현명하다.

그렇다고 쓸데없는 부분에서 과하게
솔직해지지는 말자.
뭐든지 적당한 게 가장 좋다.

차라리 잘됐어

나를 버리고 간 너를 두고
저주한 적이 있다.

너도 똑같이 버려져
나만큼 아파했으면.

한결같이 너만 바라보던 사람
놓친 걸 땅을 치고 후회했으면.

달이 뜨기 시작하는 걸
두려워했으면.

하지만 이제 더 이상
아무 의미 없는 행위라 여기고 그만두었다.

그 대신 네가 쳐다보지 못할 정도로

빛나게 살고 있다.

네가 손을 다시 내밀어도
신경도 쓰지 않을 정도로 열심히 살고 있다.

그렇게 너를 잃고 나서 나는 더 행복해졌다.
잘 사는 게 최고의 복수였다.

자주 볼 수 없다면

몸이 멀어지면 마음도 멀어진다는 얘기가 있다.
그만큼 사랑에 있어서는 자주 보는 것이 중요하다.
가장 쉬운 예로 군대를 기다려준 여자는 모시고 살라는
말이 있을 정도로 몸이 멀리 떨어져 있으면
사랑도 어느새 식어버릴 가능성이 크다.

요즘에는 장거리 커플뿐만이 아니라
같은 지역에 살아도 사는 게 바빠
만남이 뜸한 커플도 많다.

삶이 사랑을 망각하게 하는 것인데
그런 불안정한 사랑을 멀리 있어도
뜨거운 온돌 바닥처럼 오래가게 하는 방법이 있다.

한번 만났을 때 온전히 서로에게만 집중하기.
다음에 갈 맛집이나 데이트 코스, 여행지 정하기.

긴 시간보다 짧게라도 횟수가 많게끔 연락하기.
둘 사이에 공통된 취미 가지기.

다양한 방법들이 있지만 가장 핵심적인 것만 적었다.
하지만 이러한 방법보다도 더 중요한 건
서로를 소중히 여기고 사랑하는 애틋한 마음이다.

서툴더라도 꼭 표현하고 상대방이 표현했으면
진심으로 받아주자. 함께 즐거운 일을 찾자.

거리가 멀어도 가슴속에 서로의 체온이 남아있으면
사랑은 쉽게 달아나지 않는다.

좋아하는 사람끼리

좋아하는 사람끼리는
자존심 같은 거 없다.

내가 그를 좋아하고
그가 나를 좋아하는데
무엇이 문제겠나.

밀당은 아직 서로의 마음이 하나가 되지 않았을 때나
혹은 사랑의 하수들이 쓰는 방법이다.

너무 좋으면 좋다 말하고
잘못했으면 미안하다 말하고
보고 싶고 연락하고 싶다고
담백하게 표현하면 된다.

사랑에 있어 자존심이란,

‘세상 그 누구도 이 사람을 나만큼
사랑하는 사람은 없다’라는
마음가짐 하나면 충분하다.

나만 좋은 것 같다면

나는 이 사람이 너무 좋은데
항상 함께 있고 싶고 모든 시간이 다 뜻깊은데
이 사람은 그렇지 않은 것 같을 때가 있습니다.
속상하고 때로는 불안하기도 하죠.

그럴 때는 너무 좋아도 잠시 떨어져
자신을 사랑하고 개발하는 시간을 가지세요.
외모를 가꾸고 건강을 챙기고
미래의 꿈을 위해 투자하세요.

그런 시간을 가진다면 시간이 지나
가치가 높아지는 나를 더욱 사랑하게 되고
그동안 안달복달하며 비좁았던 마음에도 여유가 생깁니다.

그리고 누가 봐도 매력적인 사람으로 변해
사람들은 당신과 시간을 보내고 싶어 합니다.

물론 그토록 사랑하는 당신의 연인까지도요.

세상에서 가장 많이 사랑받는 사람이 누군지 아십니까?
아쉬움 없이 혼자서도 잘 살아가는 사람입니다.

생각 1

세상에 영원한 건 없다는 말을 좋아하지 않습니다.
사랑만큼은 충분히 가능하다 믿기 때문입니다.

어느 때 갑작스레 들끓는 마음.
잊혀지지 않는 사람.
문득 찾아오는 그때의 감정.

어쩔 때 나는 혼자서도 사랑할 때가 있습니다.
나의 모든 것을요.

어쩔 때 나는 사랑을 사랑할 때가 있습니다.
이 감정의 고마움 때문에요.

사람이 되었든 강아지가 되었든 하물며
저기 예쁘게 자란 풀꽃이 되었든.

충분히 사랑하며 사세요.

나중에 남는 건 애틋한 사랑과 값진 추억뿐입니다.

피에로

다툼이 생겨 어색한 시간이 흐를 때
어느새 먼저 다가와 사과하며
기분을 풀어주려 노력하는 사람을 만나라.

사람마다 방식은 다르겠지만
그것은 자신의 상처가 치유돼서도
기분이 다 풀어져서도
자존심이 없어서 그런 것도 아니다.

순수히 내 사람이 나로 인해 괴로워하는 모습을
보기 힘들고 그 힘듦에 공감을 하기 때문이다.

그런 사람에게 내 기분이 다 안 풀렸다고
너무 쌀쌀맞게 대하지 말고
조금 빈틈을 주어 다시금 내게
파고들어 올 수 있게 하자.

그런 사람 흔하지 않으니까.

나도 이런 사람과 함께함을 분명히

감사히 여기고 있을 테니까.

진정한 사랑을 하기 위해

듣기 좋은 음성으로 달콤한 말을 해주면 좋아.
나에게 잘 맞춰주고 잘 들어주면 그것도 좋아.
재밌고 유머까지 있으면 또 얼마나 좋겠어.

그런데 가장 중요한 건
있는 그대로의 나를 포옹할 수 있는 사람을 만나는 거야.

앞으로 누군가를 만날 때 너무 스스로를 포장하지 말고
한번 용기를 갖고 내 모습 그대로 나가 봐.

몇 차례 겪다 보면
썩은 줄은 툭툭 걸러지고
온전한 동아줄 하나 내려올 거야.

노력

어떻게 만났는지는 중요하지 않다.
그저 인연이든 운명이든
우리가 함께 연결될 수 있었던 그 순간에 감사하다.

중요한 건 앞으로 우리의
매듭이 풀어지지 않게끔 서로 노력하는 것이다.

사랑이란 감정은
항상 관리를 해줘야 하는 연결고리다.
순식간에 엮이기도 하지만 그만큼
사소한 것에도 끊어질 수 있다.

그래서 나는 너를 진심으로 바라보고
내 한계를 넘어서까지 희생할 생각이다.

너에게 이렇게까지 노력할 수 있다는 유일한 자격에

감사하며 살 것이다.

나는 너를 절대로
옛사랑이라 부르고 싶지 않다.

미련과 그리움

옆에 없으면 더 잘 보이는 사람이 있다.
잊으려 하면 더 많이 생각나는 사람이 있다.

내가 좋아하거나 좋아했던 사람이다.
사랑에는 양면성이 있다.
달콤한 순간만이 존재하지 않고
씁쓸하고 아프기도 하다.

그러므로 그러한 점을 받아들이며
옆에 있을 때 잘하자.
그러지 못했으면 앞으로 최선을 다하자.
최선을 다했을 때 오는 고통은
오래가지 않는다.

후회 없이 다 해본 사랑이
언제나 덜 아픈 법이니까.

아끼지 않아도 될 것

연인에게 가장 좋은 선물은
바로 나입니다.

그리고 더 좋은 선물은
그런 내가 진심으로 전하는 표현입니다.

아무것도 안 해도 느껴주고
다 알아줄 거라 생각하지 마세요.
표현을 해야 상대방도
당신의 진심을 볼 수 있습니다.

많이 아낀다고 소중하다고 네가 너무 좋다고
자주 말해주세요. 그리고 때때로
색다르고 예쁜 표현도 함께 넣어주세요.
"너는 나에게 첫눈처럼 쌓인다" 같은
오글거리면서도 재밌는 표현 같은 걸요.

기름이 자동차를 굴러가게 하듯

표현도 사랑을 굴러가게 하는 동력이에요.

인정과 존중

그 사람과 나는 하나의 정원을 가꾸어 갑니다.
그런데 많은 사람들이 놓치고 있는 게 있습니다.
서로의 다름을 인정하거나 존중하지 못하는 겁니다.
그래서 많은 다툼과 상처가 오갑니다.

나는 우리의 정원에 감나무를 키우고 싶은데
그 사람은 단풍나무를 키우고 싶다 하면
기분 좋게 받아들여 주세요. 그리고 도와주면서
그 옆에는 또 맛있는 감나무를 함께 키우세요.

일방적인 한쪽의 의견으로만 정원을 만들어 간다면
그 정원에는 내 사람의 향기가 없습니다.

앞으로 미래를 향해 함께 걸어 나가겠지만
체력도 보폭도 속도도 다르다는 점을
인정하고 존중해 줘야 합니다.

필수항목

연락.

때로는 잊어버릴 때도 있고

귀찮을 때가 있다는 거 공감한다.

연락의 레퍼토리가 비슷하다면

더 말할 것도 없다.

그러면서 점차 서로에게 소원해지고

한쪽에서 참다못해 나를 사랑하는 게 맞냐며

불똥이 튀기도 한다.

이렇듯 아무리 익숙해지고 편해진 관계라 해도

지금 뭐하고 있는지,

안 좋은 일은 없는지,

밥은 제때 먹고 몸은 괜찮은지,

기본적으로 챙겨 줘야 하는 목록들이다.

나를 생각하고 내 연락만 기다리는 사람에게
이 정도도 귀찮고 하기 싫다면
아직 사랑할 준비가 되지 않은 것이다.

상대방은 가끔씩이라도 나를 떠올려주기를 바랄 뿐이다.
연락 매 순간마다 할 수는 없지만
할 수 있는 순간에는 진심으로 꼭 잘해주길.

나에겐 짧은 메시지 하나일지라도
그 사람은 벌써 예쁜 동화 한 편 쓰고 있기에.

말의 중요성

헤어지자는 말 쉽게 하지 말고
아무리 화가 나더라도 모진 말 내뱉지 말자.

상황이 좋지 않을 때는 한마디 한마디가
상처와 인신공격이 될 수 있다.

내가 하고 싶은 얘기를 명확히 전달하며
적정선의 대화로 문제를 해결해야 한다.

그럼에도 대화가 통하지 않을 때는
그 문제에 대해 당분간 언급하지 않고
생각할 시간을 가져야 한다.

시간이 지나면 서로 간 이성을 찾고
적절한 협의점을 만들어 가려는 게
인간의 본능이기 때문이다.

말에 분노가 쌓이고 감정이 섞이면
해서는 안 되는 말들로 가슴에 대못을 박기 일쑤다.
문제의 해결은커녕 사이만 더 멀어지기에
자칫 남이 되어버릴 수도 있는 과정이다.

조곤조곤 논리 정연한 예쁜 말이
사람의 마음을 움직이는 법이다.

오해

오해가 생길 때가 있다.
정말 생각지도 못하는 상황에서 만들어진다.
가벼운 오해라면 적극적인 해명으로 잘 풀어갈 수 있지만
무거운 오해라면 상대방의 듣는 귀가 막혀버린다.

그런 상황을 마주하게 된다면
내가 떳떳하다면 일단 그대로 놔둬라.
혼자만의 시간을 주라는 것이다.

그리고 며칠 시간이 흐르면
문자 메시지나 편지로
한 글자 한 글자 정성스레 나의 생각을 전해라.

충분히 오해할 만하다고 인정부터 시작하고
하나하나 이야기를 풀어 가면 된다.

상대방도 나를 사랑한다면
시간이 흐른 지금에서는
나의 진심을 느끼고 들어줄 것이다.

그리고 다시 만나 꼭 부둥켜안은 채
미안하다고 다시는 그런 오해 생기지 않게 하겠다고
말해 주면 된다.

간혹 가다 생기는 오해,
한고비 잘 넘기면 또 다른 풍경을 볼 수 있다.

소중함

예쁘지 않아도 예쁘다 말해주고
모난 곳 있어도 덮어주는 게 사랑이다.

소낙비 내려도 때로는 우산을 버린 채
함께 비를 맞아줄 수 있는 게 애정이다.

보고 또 봐도 좋은 내 사랑.
편안하고 포근한 내 사람.

따듯한 말 한마디 건네주고
두 눈 마주친 채 웃어주고
고맙다고 사랑한다고 말해 보라.

너는 내 운명이란 믿음을 가지고서.

기도

다툴 때 있어도
다시금 포옹할 줄 알기를.

가벼운 언행은 멀리하고
진득한 이해와 배려를 갖추기를.

한걸음 물러서 줄 때 있어도
때론 한걸음 먼저 다가가고

그 누구보다 행복한
사랑하기 위해 노력하길.

세상에 사랑을 가슴속에 품은 모든 사람,
예쁜 소설 같은 사랑하게 해 주소서.

집착하지 않기

최선을 다하되 집착하지 말자.
너무 좋아하면 잡념과 불안함이 생기기 마련이지만
딱 거기까지, 더 이상 선을 넘으면 집착이 된다.

내 마음속에 있는 여러 가지 무거운 짐을
연인에게 짊어지게 하여 해소해서는 안 된다.
잠시 편해진 것 같지만 진정으로 편해진 게 아니기에
시간이 지나면 같은 문제를 반복 재생하게 될 뿐이다.

너무 사랑해서 이 사람 아니면 안 될 것 같아서
혹은 옛사랑이 나를 배신한 트라우마로
나만 볼 수 있게끔 나만 가질 수 있게끔
우리에 가둬 놓는 게 집착이다.

그러나 내가 그 무엇을 한다 해도 갈 사람은 가고
남아 있을 사람은 남아 있다.

아쉬워 말라. 대신 믿음을 가지고
편하게 해주어라. 그리고 만약 그렇게 했는데도
당신을 배신한다면 행운이라 생각해라.
쓰레기를 더 늦기 전에 치울 수 있게 된 거니까.

얼마든지 더 좋은 사랑은 세상에 많으니
안정적이고 편안한 사랑을 추구하기를.

집착은 스토커와 다를 게 없다.

회초리

합리화하지 말자.
아닌 것은 아닌 것이다.

잘못된 일인데 사랑한다고
얼렁뚱땅 넘어가버리면
자칫 선을 넘는 것도 모자라
나를 다치게 할 수 있다.

아닌 것은 따끔하게 바로잡아 주는 것.
그것이 바로 참된 사랑이다.

응원

뒤늦게 후회하지 말고
뒤늦게 사과하지 말아요.

순간적인 욱하는 감정에 못 이겨
씻을 수 없는 상처를 주지 말아요.

내가 가장 사랑하는 사람이잖아요.
나를 가장 사랑하는 사람이잖아요.

미울 때 있어도 떡 하나 더 줘요.
화나도 아기자기하게 소음 없이 말해요.
아껴주고 귀하게 대해요.

길게 보면 그 편이 당신에게도 연인에게도
여러모로 도움이 되고 좋습니다.
당신 잘할 수 있어요.

지구에 단 하나뿐인 사랑.

우주쯤은 감동하게 할 수 있잖아요.

마인드

그 사람을 만나기 전 약속을 한다.

내 기분이 태도가 되지 않게 하기.
화내고 상처 주지 않기.
부정적인 이야기하지 않기.

그 사람을 만나기 전 약속을 한다.

웃음꽃 피는 시간 보내기.
양보하고 편하게 해주기.
긍정적인 기운 전해주기.

세상 어떤 것이든
나 하기 나름이며 내 마인드에 따라
모든 것이 결정된다.

나는 오늘 후회 없이 즐거운 시간을
보낼 것을 약속하며

집 밖으로 미소를 머금은 채 걸어 나간다.

뚝배기

많은 사람들이 내 연인이 변한 것 같다고 느낄 때
서운함이 쌓이다 못해 울분이 터져 큰 다툼이
생길 때가 많습니다. 또한 변화가 없다면
그러한 다툼이 오래도록 지속되고
점점 서먹한 사이가 되어 갑니다.

편해지고 익숙해져서 그런 겁니다.
아무리 좋고 신선한 것도 계속하다 보면
무뎌지고 덤덤해지기 때문이죠.

하지만 그렇다고 대충해서는 안 됩니다.
사랑을 대충 한다는 건 언제든 이별할
준비가 되었다는 것과 다를 것 없습니다.

그 사람이 언제까지고 한결같이 나를
사랑할 거라는 오만을 버려야 합니다.

한쪽이 뜨거워도 다른 한쪽이 차가우면
언젠간 결국 식어버리기 때문입니다.

매번 설레고 재미난 사랑만을 할 수는 없지만
어느 정도 긴장감을 가지고 한결같은
나의 마음을 느끼게 해주세요.

사랑은 그 정도 마음가짐만 있어도
변치 않고 따듯하게 오래갑니다.

처음부터 끝까지

잊지 말아요.

내 옆에서 웃고 밥을 먹고
함께 시간을 보내는 사람이
언제든 떠날 수 있다는 사실을.

한순간의 문제로 예고되지 않은 이별을 맞이해
남이 되어버릴 수 있다는 사실을.

큰 기쁨을 주려 하기보다
사소한 행복들을 찾아주세요
자꾸 옆에서 불만을 얘기하면
귀찮아하지 말고 귀 기울여 들어주세요.

그리고 멀리서도 서로를 느낄 수 있게끔
함께하는 순간에는 마치 영화의 한 장면처럼

마지막 사랑인 듯 최선을 다해 사랑하세요.

나도 지키고 그 사람도 지켜주세요.
오래도록 해피엔딩일 수 있도록.

금지

누구는 무슨 차를 타고 누구는 무슨 가방을 들고.
네가 아깝다, 내가 아깝다.
이런 시시하기 짝이 없는 비교하지 말아요.
저울질을 하는 건 비즈니스지 사랑이 아닙니다.

내 연인의 자존감을 깎으면서
그런 사람을 만나고 있다는 생각에
내 자존감마저도 깎이는 아무 의미 없는 행위입니다.
내가 선택한 사람입니다.
부족한 부분 있으면 챙겨주고
연인이 갖고 있는 장점을 바라봐 주세요.

둘이서 떳떳하게 빛나는 사랑을 하면
다이아몬드가 와도 질투나 도망갑니다.

서로를 감싸고 응원해 주세요.

장수

오래도록 사랑을 유지시키는 법 어렵지 않다.

싫어하는 행동하지 않기.
믿음을 깨는 거짓말하지 않기.
예쁜 표현 많이 하기.
가끔은 둘이서 진지한 대화 나누기.

기본적인 방법이다. 그러나
모든 것은 기본에서 시작된다.
사랑뿐만이 아닌 어떠한 일이든
기본을 지키고 유지하는 게
가장 중요하면서도 쉽지 않다.

인기 연예인이나 스포츠 스타가
오래가는 이유도 실력뿐만이 아닌
좋은 선행이나 올바른 인성 같은

부분이 뒷받침되어주기 때문이다.
우리의 사랑에도 기본을 갖추자.

연인으로서 당연히 해야 할 일을
놓치지 않고 실행하면 된다.

✦✦ 더 이상 사랑하지 않는다는 착각

익숙함에 속지 마세요.
그 사람을 보면 더 이상 설레지 않는다고
예전 같은 감정이 차오르지 않는다고
사랑의 나무가 꺾인 게 아닙니다.

누구를 만나도 설레는 감정은 일시적이며
그 시간 또한 조금씩은 달라도 결국에는 한정적입니다.
사랑의 본모습은 어쩌면 익숙함일지도 모릅니다.
사랑의 나무가 점차 뿌리를 깊게 내리며
안정적으로 자리를 잡아가는 것이죠.

세찬 비바람도 겪었을 테고
쨍한 햇살도 내리쬐었을 거예요.
이제는 간지러운 설렘보다
더욱 성숙한 사랑을 할 시기인 거죠.

그리고 그 성숙함 속에서 열리는
열매들을 같이 나눠 먹으며
어떤 순간이든 함께 걸어 나가는 겁니다.

사랑의 나무에서 자라는 열매는
익숙할 때 가장 달콤합니다.

건전한 다툼

어느 정도 오래 만나다 보면
어느 시점부터 다툼이 잦아지는 때가 온다.
애정이 식어서도 아니고 달아난 것도 아니다.
그저 조금은 감춰놨던 본모습들이 나오기 때문이다.

내가 알던 사람이 맞나 당황스러울 수도 있지만
이상한 현상이 아닌 꼭 한 번은 겪어야 하는
시련일 뿐이다.

이때 많이 싸워봐야 앞으로 함께할 수 있는 사람인지
확인할 수 있고 정말 아닌 사람을 걸러낼 수 있다.

선택은 나의 몫이다.
그 누굴 만나도 이 시련은 결코 피해 갈 수
없다는 걸 알아두길 바란다.

다툼이 생기더라도 화를 낼지언정
인신공격이나 선을 넘는 행동은 자제하자.
다툼이 진정되면 배려심을 품은 채
양보하며 대화로 의견을 나누며 맞춰가자.

이 시기만 잘 극복하면
예쁜 멜로드라마 같은 사랑도 결코 꿈이 아니다.

서로의 문제점

완벽함을 기대하지 말아요.

이러한 부분이 이렇게 되었으면 더 좋을 텐데.
이것만 고치면 딱인데.

물론 그러한 생각이 드는 게 틀린 일은 아니지만
사람은 쉽게 변하지 않으며
장단점을 둘 다 포용할 수 있어야 합니다.

모든 단점마저 나에게 맞춰줄 수 있는 사람을 만난다면
혹시 외계인을 만나고 있는 것은 아닐까 생각해 보세요.

그만큼 사람은 누구나 장단점이
명확히 존재하며 사랑이란 힘으로
하나가 되려 노력하며 나아갈 뿐입니다.

그러니 마음에 안 든다고 급하게
변화시키려 하지 말고 이해해 주며
천천히 퍼즐처럼 하나하나 맞춰가 주세요.

내 연인도 분명히 나의 단점을 알면서도
사랑하는 건 틀림없으니까요.

땀방울

'사랑을 노력한다는 게 말이 되니'라는
노랫말이 있습니다.

그러나 노래 가사일 뿐이라 생각합니다.
사랑하면 노력하세요.

나는 원래부터 이런 사람이라고 단정 짓고
상대방이 처음부터 끝까지 다 맞춰줘야 하는
이기적인 관계는 피해주세요.
결국 가난한 사랑으로 가는
지름길일 뿐입니다.

다른 사람 다 빼놓고 나에게
노력하는 그가 얼마나 고맙나요.
그런 사람 놓치면
다시 만나볼 수나 있을까요.

그가 나를 위해 장작을 패 왔다면
얼른 물 한 잔 주고 따듯이
불을 붙이는 건 내 몫입니다.

그렇게 노력하며
온전한 사랑을 하세요.

판단

그 사람이 나를 얼마큼 사랑하고
생각하는지 알고 싶다면

끝까지 잘해줘 봐라.

처음에는 같이 잘하고 좋아하겠지만
중요한 건 그 뒤부터 본심이 나오기 시작한다.

별 볼일 없던 사람인지
나의 귀인인지
정확히 알 수 있다.

당신은 당신을 진하게
사랑하는 사람을 만나야 한다.

너무 사랑하면

내 연인이 나에 대한 불안함이 많고
내가 다른 사람을 만나거나 떠나지 않을까 하는
걱정을 달고 산다면,

당신은 때론 집착처럼 느껴지고
부담스러울 때가 있을 것이다.
힘들고 지칠 때도 있을 것이다.

하지만 그건 자신의 목숨보다
당신을 사랑하기 때문이다.

너무 좋아서 당신이라는 존재가
그 사람의 행복이고 세상이기에
그 세상이 무너질까 불안한 것이다.

사랑을 만질 수도 볼 수도 있다면

얼마나 좋을까. 굳이 확인할 필요도 없을 텐데.
그러니 항상 내 연인에게
당신의 곁에서 영원히 함께할 거란 믿음을 주고
다정하게 대해 주어라.

그리고 따듯한 음성과 부드러운 미소로
안정감을 떠먹여 줘라.

당신을 그만큼 사랑하는 사람은
두 번 다시 찾기 힘들다.

나를 놓기 시작했다면

연인이 어느 순간부터 내 일에 관여를 안 하고
다 맞춰주기 시작한다면 좋아할 일이 아닙니다.
잔소리도 줄어들고 그냥 네가 좋을 대로 해라는
태도를 보인다는 건 하나둘씩
나를 놓기 시작했다는 겁니다.

말이나 행동으로 수많은 메시지를 보냈음에도
변화가 없으니 상처들이 곪다 못해
굳은살이 박인 것처럼 마음 또한
굳고 차가워지기 시작한 거죠.

지금이라도 늦지 않았으니
그동안 연인이 했던 말들이나 행동을
탐정처럼 자세히 기억하고 관찰해 보세요.
정답은 멀리 있지 않습니다.

나의 고집을 한풀 꺾고
말보다 행동으로 하나하나 보여주세요.

이 사건을 잘 해결하지 못한다면
필시 이별이란 형벌을 받을 수도 있습니다.

소원

서점에 들렀어요.
나의 바람은 딱 한 가지예요.

서점에 놓인 수많은 책처럼
우리 둘이 두 손 꼭 잡고
수많은 이야기들을 만들어 가고 싶어요.

가끔은 비극이 찾아오기도 하겠죠.
그러나 걱정하지 않아요.
저 하늘에는 비극을 이겨낼 수 있는
수많은 별들이 가득하거든요.

정말 다행이에요, 당신이 내 사람이라서.
정말 감사해요, 당신이 나를 사랑해서.

우리의 사랑 이제 다시
한 페이지씩 읽어가기로 해요.

생각 2

지금 하는 사랑이 지겹다면
잠들기 전에 한 가지 생각해 보자.

사랑이 맺어지기 전 내 연인이
나에게 어떤 존재였는지.

사랑이 이루어졌을 때
그 사람이 나에게 어떤 사람이었는지.

그토록 간절하고 뜨거웠던 사랑이다.
행복하고 절절했던 시 한 편이다.

함부로 내팽개치지 마라.
내가 지겨워하는 내 연인도
다른 누군가는 첫눈에 반할 아름다운 사람이다.

이별의 시작점

이별은 갑작스러운 해일이
모든 걸 쓸어가듯 그렇게
찾아오지 않는다.

가랑비에 옷 젖는 줄도 모르듯
미세하고 사소한 일들이 쌓이고 쌓여
사랑이란 성이 결국 허물어지는 것이다.

현재 있는 작은 문제들을 해결하기 두렵고
귀찮다고 회피하지 마라. 도망쳐서 도착한 곳에
낙원은 없다는 말이 있다.

맞부딪쳐라. 하나하나 해결하고
그것을 계기로 문제들의 수를 줄여나가면 된다.

게으른 겁쟁이는 아무것도 지킬 수 없다.

행복 연구소

사랑하는 사람을 행복하게 해 주세요.
괜한 트집 같은 거 잡지 말고.

어떻게 하면 더 행복하게 해줄까
연구하고 생각하세요.

하루에 두세 번은 꼭 애정표현도 해주고
미운 구석 있어도 예쁘게 바라봐 주세요.
사랑은 아무리 많이 주고받아도
부족하고 갈증이 나는 법입니다.

내가 예쁘게 대하고 곱게 바라보면
무엇이든 귀하고 소중하게 보입니다.

많다 못해 흘러넘치도록 사랑해 주세요.

나의 바람

나는 이제 당신이 더 이상 상처와 눈물이
대다수인 사랑을 하지 않았으면 좋겠어요.

타인에게는 차가울지언정
당신에게는 따듯한 언어로 말해주고

슬프고 괴로울 땐 기댈 수 있는
다정한 그늘이 되어줄 수 있는 사람.

그러면서도 함께 예쁜 꿈을 꾸고
행복을 선물해 줄 수 있는 사람.

당신은 잘 모를 수도 있지만
당신은 이러한 사랑을 모두
누릴 수 있는 사람입니다.

제발 아무나 만나지 말고
내가 가장 우선인 사람 만나세요.

사랑받는 것보다 행복한 건
이 세상에 없으니까요.

이별

이별의 이유는 단 하나.
더 이상
사랑하지 않아서라고 생각했었다.

하지만 직접 보고 겪은 경험으로
사랑해도 이별할 수 있다는 걸 알게 됐다.

그런 사랑이 있었다.
서로의 사랑이 정점인 시점이었지만
냉정한 현실 앞에 이별을 택해야 했던 인연.

사랑이란 건 정말 알다가도 모른다.
금방이라도 깨질 것 같은 아슬아슬한 커플이
결혼해서 아기까지 낳고 잘 사는 경우도 있고
천생연분인 것 같던 사랑이 한순간에
모질게 끝나기도 한다.

많이 아프겠지. 너무 쓰리고 힘들겠지.
하지만 애석하게도 아무리 사랑했던 사람일지라도
시간은 서서히 고통을 멎게 하고 잊어버리게 한다.

그러니 사랑을 시작했다면
언제든 이별할 수 있다는 걸 각오해야 한다.
시작부터 이별을 생각하라는 얘기가 아니다.
혹시 헤어지더라도 충분히 이겨내고 일어날 수 있으니
이별 앞에 너무 겁먹고 목메지 말라는 얘기다.

이별은 고통이 큰 만큼
더욱 향기롭고 성숙한 사랑을 하게 만든다.

나를 떠난 사람

힘들겠지만 나를 떠난 사람을 두고
구걸하듯 붙잡지 마라.
당신은 그를 사랑하지만
그는 더 이상 당신을 사랑하지 않는다.

그래도 괜찮다며 어떻게든 붙잡는다 해도
갑과 을이 이미 정해진 호구 같은 사랑을
하게 될 확률이 크다.

세상에서 가장 어려운 게
이미 떠난 마음 다시 되돌아오게 하는 것이다.
내가 더 잘한다고 더 맞춰주고 최선을 다한다 해도
이미 떠난 마음이 다시 되돌아오는 건 불가능하다.

나를 떠난 사람에게 미련 따위 갖기도 아깝다.
당신은 존재 자체만으로 사랑스럽고 귀하기에

지금보다 더 괜찮고 사랑할 수 있는 사람을
만날 수 있다고 각서도 써줄 수 있다.

그러니 스스로를 구질구질하게 만드는
바보 같은 짓 하지 마라.
충분히 더 따듯하고 행복한 사랑을 할 수 있다.

당신의 소중한 가치를
절대 잃어버리지 않기를.

버릴 건 버려야 한다

아닌 사랑을 붙잡고 있는 당신 힘겹죠.
많이 힘겨울 거예요.

외로움과 공허함이라는 공포에 휩싸이고
하필 정도 많아 쉽사리 놓아지지 않는 거겠죠.

하지만 이제는 놓아 주세요.
할 만큼 했잖아요.

당신은 상처받기 위해 태어난 사람이 아닌
사랑받기 위해 태어난 사람입니다.

별거 없어요. 아닌 것은 얼른 싹둑 잘라요.
생각이 많아지면 용기는 사라집니다.

당신의 로맨스를 이렇게 아프게 놔둘 거예요?

사랑을 알게 해준 사람

어느 날 문득 처음으로 가슴이 설레
참 설명하기 힘든 묘한 느낌이었지.

왜 이리 시선이 가는지.
너의 안부가 궁금하고
왜 이렇게 말 한마디 걸고 싶은지
그땐 알지 못했어.

그러면서도 행복했고 때론
눈물로 밤을 지새운 적도 있지만
너라는 사람 하나만으로
모든 게 설명할 필요도 없이 정리됐지.

나는 사랑을 사랑하고
앞으로도 별보다 많은 행복을 찾을 거야.

너도 그러길 바랄게.
참 고맙고 지금도 소중해 잘 지내렴.

내가 처음으로 사랑했던 사람아.

사랑

이별의 기억이 아프다고 새로운 사랑에
용기 내지 못해선 안돼요.

시든 꽃에 물을 주지 말고
새로 피어날 씨앗을 눈여겨봐요.

사랑 중에서도 가장 중요한 건
나를 사랑하는 일이라는 걸 잊지 말아요.

당신의 사랑이 어디서 시작되고
어떻게 끝날지는 알 수 없겠죠.

사랑을 할 때면 후회 없이 사랑만 하세요.
미련 그리움 상처 아픔과 같은 건
생각지도 붙잡지도 말고요.

그러나 결국 당신은 따스한 벚꽃 향이 풍기는
그런 아름다운 핑크빛 사랑을 할 것 같아요.

그러니 잊지 말아요.
당신은 사랑받기 충분한 사람이라는 걸.

2장

내 사랑과 그 밖의 사랑들

누구나 외로울 때가 있어

외로움은 혼자 있을 때보다 사람들과 함께 있을 때,
혹은 사람들과 헤어져 각자 집으로 돌아갈 때,
더 자주 찾아온다.

외로움은 마음속의 갈증이다.
공허함과 씁쓸함을 함께 끌고 온다.

외로움을 많이 느끼다 보면 알게 된다.
누군가 잠시 잊어버리게 해줄 순 있지만
결국 나 혼자서 해결해야 하는 숙제 같은 거라는 걸.

그래서 외로움이 찾아오기 전
다양한 일들에 관심을 갖고
계획했던 일을 실행시킨다.

패션에 관심을 갖기도 하고

맛있는 음식을 만들어 먹기도
땀이 날 만큼 열심히 운동을 하기도
자기계발에 몰두하기도 한다.

이렇듯 외로움은 완전히 없앨 수 있는 게 아닌
내 할 일을 하며 적절하게 조율해가야 하는
섬세한 감정이다.

외로움과 삶은 공존하는 관계다.

양보다 질

인간관계는 무조건 양보다 질이다.

수많은 사람을 만나고 거쳐 가는
우리의 삶 속에서
나를 지탱해 주고 일으켜 세워주는 것은

얕은 소나기 같은 인연이 아닌
무조건적인 내 편 한 명이다.

많은 사람에게 시간을 투자하여
핸드폰 연락처 목록이 두꺼워지는 것보다

좁고 깊은 관계가
진정한 나의 버팀목이 되어준다.

비올 때 우산을 씌워줄 수 있는 사람은 많지만

흙탕물에 함께 뒹굴어줄 수 있는 사람은 드물다.

그런 사람 곁에 있다면
세상에서 가장 어려운 일을 해낸 것이다.

바라는 만큼 나도

내가 원하는 사람이 있거든
나도 그에게 그만큼 좋은 사람이 되어야 한다.
바라기만 하는 건 헛된 욕심일 뿐.

가령 내 눈물을 다독여 주고
나를 많이 생각해 주며
항상 내 편인 사람을 원한다면

나도 최소한 그가 힘들 때 기대어 쉴 수 있는
나무 한 그루 정도는 되어 주어야 한다.

나의 바람이 어디까지든
나도 그에 걸맞은 사람이 된다면
서로의 호수에 깊이 잠영할 수 있다.

내가 잡아야 하는 사람

내가 꼭 붙잡아야 하는 사람이 있다.

힘들 때 곁을 지켜주거나
슬플 때 눈물을 닦아주거나
나를 위로하고 토닥여준 사람도 포함되지만

그보다 더 내게 필요한 사람은

내가 잘되고 좋았을 때
진심으로 함께 기뻐해 준 사람이다.

배가 아프지만 가식적으로
축하해 주는 사람 말고

정말 내면으로부터 우러나와서
나의 행복을 본인의 행복처럼

느껴주는 사람.

절대로 놓쳐서는 안 된다.

그런 사람은 내가 낙서를 해도

뜻있는 작품으로 봐 준다.

냉정해져야 할 때

살면서 배운 게 하나 있다.
잃지 않으려고 부단히 노력하고 애쓰는 일보다
아닌 것은 미련 없이 손절을 하는 게 정답이라는 것.

내가 앓아가면서까지
불편을 감싸 안으면서까지
힘겹게 붙잡고 있을 건 그 어떤 것도 없다.
나만 지치고 피곤해져 갈 뿐이다.

무언가를 얻었으면 잃지 않는 것도 중요하지만
그보다 더 중요한 건 나에게 해가 되는 것을
정확한 타이밍에 잘라내는 결단력이다.

미련과 아쉬움에 휩쓸려 모든 걸 짊어지려 하지 말라.
당신은 모든 사람에게 좋은 사람이어야 할
슈퍼맨 같은 영웅이 아니다.

내가 있어야 할 곳

아무나 만나지 마세요.
내 주위 환경의 품격을 높이세요.

사람은 누구를 만나느냐에 따라
꽃길을 걷게 될 수도
내리막길을 걸을 수도 있게 됩니다.

습관적으로 거짓말하는 사람,
약속 안 지키고 필요할 때만 연락하는 사람,
영양가 없는 얘기만 하는 사람은
나에게 전혀 도움이 되지 않습니다.

그리고 절대로 만나선 안 되는 한 사람.

나의 가치를 떨어트리고 자존감을 낮추는 사람은
무조건 피해 주세요.

친구 따라 강남 간다는 말처럼
사람은 나도 모르게 쉽사리 사람에게 물들어갑니다.

당신은 깡마른 잡초들 사이에 껴 있을 사람이 아닌
색색이 아름다운 꽃밭에 있어야 할 사람입니다.

내 사람들만

모든 사람에게 좋은 사람이 되려 하지 마.
나의 모습이 풀꽃인데
누구에겐 장미, 누구에겐 민들레.
나를 잃어가면서까지 맞춰가며
모든 사람에게 좋은 사람이 되려고 애쓸 필요 없어.

내 모습 그대로를 존중하고 지켜 줘.
누가 뭐라고 한들 나는 나일 뿐이야.
모두의 입맛에 다 맞출 수는 없어.
그러니 나를 좋아하고 이해해 주는
사람들만 신경 써 주면 돼.

그 사람들은 나의
여린 꽃잎까지도 아껴주는 사람들이니까.

한 번에 다 주려고 하지 마

한 번에 큰 기쁨을 주고 감동을 주려고
마음과 성의를 아껴두지 마.
세상일은 내가 계획한 대로 흘러가는 게
절대로 아니라서, 순간순간 표현하고
내 마음을 조금씩이라도 보여주는 게 좋아.

작은 속삭임과 바람들이
사람의 마음을 흔들리게 하는 거야.
한 번에 너무 큰 걸 주려 하면
받는 입장에서 부담스럽고
자칫 내 의도가 쉽게 부려져 버릴 수 있어.

그러니 소중한 사람에게
좋은 말, 좋은 소식, 좋은 성의.
살랑살랑 자주 품에 안겨 줘.

안정적인 온도

친할수록 소중한 관계일수록
적당한 거리를 지켜야 한다.

너무 좋다고 딱 달라붙어 있으면
여름이 되어 땀띠가 나고
트러블이 생기기 시작한다.

그렇다고 너무 떨어져 있으면
겨울이 되어 서로에게 서먹해지고
관계가 싸늘해진다.

봄가을이 가장 쾌적하고
여행 가기도 좋은 날이듯,

서로의 건강한 관계를 지키기 위해선
적당한 온도를 유지하는 거리가 꼭 필요하다.

모두 다른 선

운전을 하다 보면 눈에 자주 띄는 과속 단속 카메라가 있다. 이를 지키지 않으면 문제가 생기듯 우리의 관계 속에서도 단속 카메라가 존재한다.

사람마다 넘지 말아야 할 선이 있다.

예민한 사람에겐 제한속도가 30일 수도, 낙천적인 사람은 제한속도가 100일 수 있다. 그러므로 사람을 대할 때는 모두 똑같은 방식으로 접근하지 말고 천천히 부드럽게 하나둘씩 알아가야 한다.

아니 더 정확하게는 그의 제한속도를 지켜주며 함께 안정적인 드라이브를 해야 한다. 혹시 나도 모르게 과하게 행동하진 않았나 확인하며 말이다.

나의 제한속도 역시 마찬가지다.

누군가 무례하게 선을 넘는다면 확실한 사이렌을 울리기를. 과속은 파란불도 안전을 지켜주지 못한다.

내게 다 친절할 수 없어

친절함을 기대하지 말자.
내게 친절하지 않았다고
기분이 상해 곱씹으며
나의 하루를 망쳐서는 안 된다.

대신 '그럴 수도 있지' 하는
넓은 마음을 갖는 건 어떨까.

누군가 내게 불친절해도
쉽게 기분을 환기시킬 수 있는 주문이다.

바쁘고 힘들면 말이 툭툭 나올 수도 있는 거고
안 좋은 사정이 있으면 표정이 일그러질 때도 있는 거다.
나를 무시한다는 피해의식을 갖지 말고
'오늘 많이 지치는 날인가 보네' 하고
측은하게 바라보면 된다.

물론 그러한 점을 다 이해할 필요 없고
자기 기분대로 행동하는 사람이 잘못된 거지만
나 편하고 내 기분을 지키기 위해선
어느 정도 융통성 있는 여유가 필요하다.
또한 애초에 친절을 기대하지 않으면
내 기분이 상할 일이 그다지 많지 않다.

누구나 다 내게 친절해야 한다는
관념 하나만 버리면
타인이 내 기분을 지배할 수 없게 된다.

끼리끼리

부정적인 기운을 내뿜는 사람들을 멀리해.
긍정적인 기운을 내뿜는 사람들과 친해져.

천박한 사람을 곁에 두지 말고
건강한 정신을 가진 사람과 함께해.

그리고 그마저도 없다면
차라리 혼자서도 빛나는 사람이 되려고 노력해.

저기 또 어딘가에서 빛나는
너와 같은 사람과
별자리처럼 이어질 테니.

슬플 때 함께한 기억은 평생 가

사람에게 가장 큰 선물은
물질적인 게 아니라 슬플 때 곁을 지켜주는 것이다.

내가 힘들 때 가장 큰 선물 또한
일시적인 도움이 아니라
내 힘듦을 옆에서 토닥여 주는 사람이다.

내 눈물을 반으로 줄여주는 사람이 가장 고맙다.

그러니 누군가 마음이 아파 보이면 차갑게 내치지 말고
다가가 따듯한 손길을 내밀어 주어라.
그 사람은 당신을 평생의 은인으로 기억할지 모른다.

크리스마스가 되면
산타클로스가 아닌 당신을 떠올릴지 모른다.

혼자서 잘하지 마

나와 계속 문제가 생기는 관계가 있다면
애써 괜찮은 척
잘 풀어보려 노력할 필요 없다.

그럴수록 당신의 마음에는 상처만 깊어진다.

사람의 마음이란
주는 대로 다시 되돌아오는 게 아니라서,
당신이 아무리 잘한다 한들 신경도 쓰지 않거나
당신을 중요한 사람이라 여기지 않는다면
관계가 더 좋아질 가능성은 없다.

당장은 관계가 끊어지는 게 두렵고
아픔을 동반하더라도
그런 의미 없는 사람을 당신 곁에 둬야 할 이유는 없다.

그전에 당신의 다친 마음을 먼저 보살피기를.

내가 상처받는 관계는
유리 조각을 가슴속에 품는 것과 같다.

주도권을 잡는 법

받은 만큼만 주겠다고
절대 손해 보지 않겠다고
눈에 불을 켜고 계산을 하면

편하고 재밌는 시간을
별의별 생각으로 다 잡아먹고
집에 갈 때도 찝찝함이 남는다.

그러니 그러지 말고
서로의 관계란 오아시스 앞에서
내가 물 한 바가지 더 채워 놓는다는
마인드로 살아가면 여유롭고
즐거운 시간을 온전히 누릴 수 있다.

아쉬운 건 주는 사람보다 받는 사람이다.
내가 만일 받는 것보다 더 퍼주는 사람이라면

관계의 주도권을 가질 수 있게 된다.

관계를 끊는 것도 지속하는 것도
내 의지에 따라 결정된다.

내 편만 생각해

모두가 나를 사랑할 수 없고
나 또한 모두를 사랑할 수 없듯
분명히 나를 싫어하는 사람도 있다.

그러니 그 점을 인정하고
나를 싫어하는 사람의 눈초리 때문에
스스로를 구속하지 말자.
너를 좋아해 주는 사람들을 생각하며
하고 싶은 걸 해라.

네가 서커스를 한다 해도
너를 좋아해 줄 팬은 분명히 있다.

내 인간관계는 내가 감독이야

내가 싫어하는 사람이 있다면
사사건건 마음에 들지 않고
꼴도 보기 싫을 것이다.

그러나 아무리 싫어도
미워하는 마음을 가슴속에 담아두지 말자.
내 기분만 자주 쉽게 상한다.

싫어하는 이유가 있든 없든
내 인생이라는 드라마에 조연 자리조차 주지 말고
비중 없는 엑스트라로 만들라는 얘기다.

미움이란 감정은 그 대상이 아닌
나를 가장 괴롭히는 악역 같은 감정이기에
미워하는 사람이 많을수록
내 정서는 불안정할 수밖에 없다.

싫어하는 사람을 만들지 말고
의미 없는 역할로 전환시켜라.

미움보다 무서운 건
절대적인 무관심이다.

한 사람에 올인하지 마

너무 좋아하는데
기대도 많이 했는데
간혹 실망할 때가 있어.

가끔 내 예상 밖으로 튀어나가고
내 마음대로 안 돼서 서운하기도 하지.

하지만 비참해지고 침울해질 필요 없어.
그 사람의 마음이 변했다기보다
잠시 한쪽으로 쏠려있던 마음이
안정적으로 중심을 잡으려 하는 것뿐이니까.

그 사람이 좋다면 그런 모습마저 좋아해 줘.
사람은 내 입맛대로 길들일 수 없는 존재야.

그러니 한 사람에 너무 집착하지 말고

너도 여러 좋은 사람들을 많이 만나 봐.

네가 좋아하는 사람들이 곁에 많을수록
너는 더욱 행복해질 사람이니까.

알고 보면 다른 사람

잘 알지도 못하면서
그 사람을 다 아는 것처럼 판단했다.

나랑 잘 맞지 않는 거 같다고
말도 없고 웃지도 않는다고
무례하다 생각했었다.
정작 무례한 건 나였는데.

시간이 지나니 그 사람은 내게 가면을 쓴 게 아닌
있는 그대로의 모습으로 나를 대한 것이었다.

그러니 내 기준에 부합하지 않는다고
쉽사리 선입견을 씌우지 말자.

세상에는 내가 생각도 못 한
정말로 다양한 사람들이 많으니까.

순리대로

갈 사람은 가고 남을 사람은 남아.
그리고 갔다가도 다시 돌아오는 사람도 있어.

사람에 너무 연연하지 마.
불안한 눈빛으로 인간관계를 바라보지 마.
떠나는 사람 애원하며 잡을 필요 없고
오는 사람 차갑게 막을 필요도 없어.

순리대로 흘러가게 두고
내 모습 그대로
나의 자리를 지키고 있으면

결국 너의 곁엔 진짜들만 남게 돼.

지금도 좋은 인연들은
너에게 스며들고 있어.

사소함의 무게

정말 작고 사소한 눈꽃들이 모여
온통 하얀 세상을 만들었다.

처음 내려앉은 눈꽃은
비록 녹아 사라졌지만

다음 눈꽃이 쌓일 수 있게끔
발판이 되어 주었다.

우리의 관계도
사소한 감정들이 쌓이다 보면
처음에는 티 하나 안 날지라도
어느새 수북이 쌓일 수 있다.

그리고 지금까지와는
완전히 다른 사이가 될 수 있다.

미세한 감정들로

계절이 변하는 건 한순간이었다.

쉽게 판단하지 않기

내가 실패했다고
남도 실패할 거라 말하지 말고,

남이 실패했다고
나도 실패할 거라 생각지 말라.

다른 이에겐 안 맞는 누군가가
나에겐 최고의 친구가 될 수 있고,

나와 잘 맞는 누군가는
다른 이에겐 철천지원수일 수 있다.

섣부르게 단정 짓는 건
어리석은 일이다.

헤아리기

나는 문제가 생기면 너를 다그치고 화를 내는데
너는 왜 화도 안 내고 침묵만을 유지하냐 물었다

그러나 그의 입에선,
나도 화가 나고 할 말이 많지만
똑같이 상처 줄 필요 없지 않느냐는
대답뿐이었다.

빈 수레가 요란했고
나는 그 깊은 호수를 헤아리지 못한 채
표면만을 바라보며
돌멩이나 던지고 있던 것이었다.

눈에 보이는 대로만 수심을 판단하는 건
어린아이나 할 행동이었다.

그때그때 풀자

기분 상하는 일이 생길 때
참고 참아 오해의 늪이 깊어지는 일보다
한번 다투고 화해하자는 태도가
서로의 관계를 안전하게 만든다.

나중에 한 번에 터트리겠다는
생각은 옳지 않다.

뒤늦게 찾아오는 후폭풍은
대개 씻을 수 없는 흔적을 남긴다.

내가 결정해

남 얘기 듣고
누군가를 만날지 말지 결정하지 마.

이래라저래라 하는 남들의
말에 귀 기울이면
세상에 만날 사람은 단 한 명도 없어.

그러니 흔들리지 말고
그동안의 경험과 가치관을 토대로
나만의 기준을 만들어서
밀고 나아가.

누군가가 정해준 인연.
그게 정말 운명이고 행복할까?

나에게 딱 맞는 맞춤정장 같은 사람은 없어.

함께 노력하며 나아가는 거지.
내 사람은 내가 정하는 거야.
절대로 잊지 마.

인간관계는 바둑이 아니야.
남들의 훈수로 해결되는 게 아니야.

소중한 사이가 되기까지

이대로만 쭉 가자고 약속하지만
시간이 흐르면 그러한 다짐 또한
옅어지기 마련이지.

그래도 아끼는 마음이 있으니
지금까지 함께할 수 있는 거지.

매 순간 초심 같을 순 없지만
서로를 위한 노력이 있으니
우리는 웃을 수 있는 거고
같이 울어줄 수 있는 거야.

그런 마음 계속하여 이어진다면
그제야 진정한 단짝이 되는 거지.

별과 달보다 더 빛나는 너와 나처럼.

건강한 관계를 위한다면

사람의 욕심은 끝이 없다.
나를 위해 성의를 자주 표하고
노력해 주는 사람에게
어느새 고마운 줄 모르고
당연시 여기게 되는 경우가 있다.

받는 것에 익숙해지지 마라.
누군가로부터 내 행복을
채우려 이용하지 마라.

그 사람이 바보라서가 아닌
다 알고 있으면서도
나를 좋아하고 애틋하게
여기기에 지금까지 올 수 있었던 거다.

세상에서 제일 나쁜 일은

나를 위해주는 사람을 수단으로 바라보는 일이다.

이유 없이 무언갈 얻지 말고
무언갈 받았다면
나 또한 그를 위해 진심으로
감사해하고 받은 만큼 되돌려주어라.

건강한 관계의 첫 걸음은
주고받는 것의 저울이 평행할 때 시작된다.

좋은 사람이란 1

외모 직업 지위같이
외면이 빛나는 사람 말고

내면이 빛나는
사람을 만나려 노력하라.

수많은 잡초들에게
힘을 빼앗겨도

그런 사람 한 명이 나에게
초록빛 숲을 만들어준다.

거절을 어려워하지 마

내키지 않거나 어려운 일에 대한 부탁은
망설이지 말고 거절해라.

부탁을 거절했다고 멀어질 사이였으면
처음부터 인연이 아니었던 것이다.

대개 부탁은 들어줄수록
점차 커지고 부담스러워진다.

애초에 나를 배려하고
진심으로 생각해 주는 사람은
곤란한 부탁을 하지 않는다.

내가 기분 좋게 해줄 수 없는 일은
처음부터 정중히 거절하는 게 맞다.

앞으로는

과거의 나를 회상해 보면
나는 과연 어떤 사람이었나.

사랑 앞에 자존심을 내세우기도 했고
사람과의 관계에서도 부끄러운
실수들이 많았다.
잊으려 해도 문득 스치는
기억들이 후회를 가슴속에 놓고 간다.

하지만 이제는 돌이킬 수 없는 일.
지금은 내가 할 수 있는 일을 해야 한다.
같은 실수를 반복하는 게 아닌
반성을 토대로 그 시절의 사람들에겐
사과를 현재 옆에 있는 사람들에겐
더욱 감사함을 가지고 내가 더
잘하면 되는 것이다.

서로의 기억 속에

좋은 기억들이 겹겹이 쌓이도록 말이다.

말보다 행동

달콤한 만들로
나를 들었다 놨다
하는 사람보다

사소한 행동 하나라도
나를 생각해 주고 있다는 걸
느끼게 해주는 사람이 고맙다.

말은 내뱉고 흩어
뿌려지면 그만이지만

행동은 문득
잠들기 전에도 떠올라
가슴을 뛰게 하기에.

믿을 수 있는 사람이 되기 위해

맞는 것은 맞다, 아닌 것은 아니다.
솔직하게 표현하세요.

상대방을 생각한다고
애매하게 말하는 게 습관이 되면
상대방은 나에게 답답함을 느끼고
믿음을 가질 수 없게 됩니다.
때로는 단호함을 갖추세요.

한 번의 고통이 백번 돌려 말해 혼란을 주는 일보다
관계에 이롭습니다.

애매한 사이를 만드는 건 애매한 행동과 말이며
우리 모두 확실한 사람에게 신뢰가 가는 건
매한가지입니다.

당당하게 살기

거짓말의 부작용은
지금 찾아오지 않는다.

시간이 지나고 흘러서
잊어버릴 때쯤 들통 나기 일쑤며

거짓말을 자주 하다 보면
언젠가부터 나조차 믿을 수 없게 된다.

차라리 한번 따끔하더라도
떳떳하게 사는 게 어떨까.

떳떳함으로 얻게 되는 편안함은
그 어떤 침대보다
나를 쉽게 잠들게 할 테니까.

강해지기

이미 내뱉은 말과 행동으로
상대방이 어떻게 받아들일까
너무 고심하지 않아도 된다.

그런 게 신경 쓰인다면
적정선의 말을 하고
과한 행동을 적당히 조절하면 된다.

그래도 항상 그게 고민이라면
의미 없는 고민이라 말하고 싶다.
내가 아무리 잘했어도
만남이 끝난 뒤 계속 생각하고 추리하는 건
열쇠가 없는 자물쇠를 열려는 것과 같다.

그보다 중요한 건
예의와 매너를 갖추면서도

나를 어떻게 보든
타인의 눈초리에 휘둘리지 않는 마음이다.

그럼에도 내가 싫다면 떠나가라는
자신감 정도는 있어야 된다.

자꾸 눈치 보지 마라.
네가 진정으로 신경 써야 될 건
남이 아닌 너의 가슴속에 있는
여린 감정이다.

위로라는 건

누군가 나에게 자신의
무거운 짐을 털어놓는다면

여러 잡다한 이야기들을 하기보다
그저 묵묵히 들어주는 게 좋다.

상대방이 아플 때
섣부른 말은
더 큰 상처를 부른다.

위로의 순서는 들어주기,
공감하기, 그다음이 조언이나
내가 할 말을 해주는 것이다.

그러나 꼭 무언가를 하지 않아도 된다.
곁에 있어주는 것만으로

큰 힘이 되는 게 위로니까.

어쩌면 가장 좋은 상담이란
현란한 언변보다
사람의 존재 자체가 아닐까?

상처를 튕겨내세요

상처받는 것을 두려워하지 말아요.
오히려 덤덤해지세요.

삶을 계속 이어가면서 상처란
피할 수 없는 장애물과 같아요.

겉으로 티가 안 나서 그렇지
우리 모두 상처투성이입니다.

대신 상처를 받았으면
좋은 사람들과 시간을 보내거나
이야기를 털어놓고
혼자라면 내 할 일에 집중하세요.
절대로 상처에 몰입하지 마세요.

익숙해지기 어렵지만

익숙해져야 합니다.

내가 단단해지면 그까짓 상처
내 앞길에 흠집 하나 내지 못합니다.

듣는 만큼 생각한 만큼

언젠가부터 이런 말을 자주 들었다.

"사랑한다."
"잘 될 거야."
"너는 할 수 있어. 이렇게 잘 살아줘서 고마워."

처음에는 귀에 들어오지 않았고
나중에는 한 귀로 듣고 흘려버리며
때로는 귀찮기도 했다.

하지만 시간이 흘러 지금을 되돌아보면
나는 그렇게 지겹도록 들었던 말처럼 되었고
타인을 대할 때도 내가 받은
긍정적이고 사랑스러운 기운을 전해주는 사람이 되었다.

또한 어느새 내 머릿속에는 나는 사랑스러운 사람

뭐든 할 수 있는 사람이라는 생각이 박혀버렸다.

여기서 중요한 건 내 주위의 사람이 나에게
어떤 말들을 해주냐는 것이다.
받은 만큼 들은 만큼 해내는 것이 사람이기 때문이다.

대화의 주제가 부정적인 얘기가 많다면
다른 좋은 얘기로 전환시키고
만약 지금 내게 좋은 에너지의 말을 해주는
사람이 없다면 혼자서 스스로에게
예쁘고 긍정적인 말을 자주 해주길 바란다.

어느새 나도 모르게 완전히
딴 사람이 되어있을 테니까.

더 큰 마음가짐

나를 안 좋게 대한 사람에게
복수하려 하지 말자.

물론 아프고 분노가 치솟겠지만
내가 이 귀중한 시간을 투자해야 할 곳은

그런 보잘것없는 사람이 아닌
나의 가치를 높이는 일이다.

복수는 결국 제자리걸음을
하겠다는 이야기와 다를 것 없고
나를 성장하지 못하게 한다.

그리고 그런 사람이 잘될 거라
염려하지 않아도 된다.

가만히 지켜보면 언젠가
임자 만나 무너지는 것을
두 눈으로 볼 수 있을 테니.

복수 같은 지독한 감기에 걸리지 말고
얼른 더 괜찮은 사람이 되겠다는 다짐으로 쾌유하자.

아닌 것은 아니야

사람이 만만하게 보일 때는
이 사람이 나 없으면 안 되고
어떻게 하든 나를 떠날 수 없다고 생각할 때다.

그러기에 누군가에게
잘해주는 것도 중요하지만

아닌 일에는 언제든 떠날 수 있다는
냉정함을 가져야 한다.

그 정도 여유는 있어야
서로 더 잘하면서도 예의를 갖추는
깊이 있는 관계가 형성된다.

후회 따윈 없는 시간

한정된 시간을 여러 사람과
나누어 쓰는 일보다
소중한 내 편 한 명에게
많은 시간을 집중하는 게 낫다.

다양한 사람들과의 만남은
신선함이 있을 순 있지만
결국 실속 없는 가벼운 깃털 같은
관계로 끝나는 게 대부분이며
아는 사람이 많다고
그게 내 재산이 될 수는 없기 때문이다.

그보다 마음 맞는 한 사람과의
시간이 값어치가 훨씬 큰 법이다.

속사정부터 나라는 사람 자체를

알아주고 이해해 주는 건
오랜 시간 마음이 맞아 함께한 그런 사람이다.

가족을 제외하고 진정한 내 사람이 몇 명인가.
손가락으로 세어 보라. 3명을 넘기기도 힘들 것이다.

그리고 그 손가락에 들어간 사람과
시간을 보낸다면 그동안의 시시한 만남과는
비교조차 되지 않는 뜻깊은 시간일 것이 분명하다.

나와 다른 점을 감싸주기

타인을 내 입맛대로 변화시키려 하기보다
있는 그대로를 인정해 주는 게 감정 소모가 덜하다.

어떤 사람이든 나와 안 맞는 부분이 있다.
그러나 그 사람 또한 나와 안 맞는 부분이 있다.

여기서 사람은 바꿔 쓰는 게 아니라는 말이
처절히 느껴진다. 태어날 때부터 타고난
그 성향과 성격 취향은 곧 죽어도
바꾸기 어려운 것이다.

괜한 기대와 믿음으로 실망하지 말고
애써 바꿔보려 헛된 노력을 하지 말길.
안 맞는 부분은 내가 한 발짝 물러서서
이해하고 배려해 준다 생각하면 편하다.

상대방의 있는 그대로의 모습을 인정해 주어야
나도 내 모습 그대로 사랑받을 수 있다.

피곤한 관계는 버려

나를 보호하는 것도 중요하지만
그렇다고 너무 허세 부리며 살 필요 없다.

있을 때가 있으면 없을 때가 있고
아는 게 있으면 모르는 게 있다.
내 모습 그대로 솔직하게 사는 게
가장 속 편하다.

허세는 나 자신을 피곤하게 만들고
집에 들어와서는 허탈감을 느끼게 한다.
오히려 자존감을 깎아내리는 행위이다.

내가 허세 부려야만
나를 인정해주는 사람 말고

나의 부족한 부분을 알면서도

아껴주고 사랑해 주는 사람과 시간을 보내라.

당신 안에 있는 보석이
진짜 다이아보다도 빛난다는 것도 잊지 말고.

없어도 될 사람

한번 내 손을 놓은 사람은
자존심 버려가며 붙잡을 필요 없다.

모든 건 한 번이 어렵지
그다음부턴 쉬워진다.

나를 내친 사람 어떻게든
붙잡는다고 해도

언제든지 다시 떠날 수
있는 사람이란 걸 명심하길.

한 번 끊어진 관계는
이어 붙여도 금이 가 있다.

무소유

타인을 대할 때 그 어떤 것도
바라지 말고 기대하지 마라.

실망과 상처의 가장 큰 원인이다.

기대하는 만큼 바라는 만큼
그와 당신의 사이는 휘청인다.

헛바람에 소중한 걸
날려 보내는 일이 없어야 한다.

낚시

다른 곳 다 멀쩡해도
발에 상처 하나 있으면
생활에도 지장 있고
제대로 걷기 힘든 법이죠.

이렇듯 아무리 좋은 관계가 주변에 많아도
아프고 해로운 관계 하나가 있으면
모든 게 삐거덕거립니다.

애써 고통을 부여잡으며
끌고 가지 마세요.

놓을 때 놓을 줄 알아야
더 큰 물고기를 잡을 수 있습니다.

모두에게 친절할 필요 없어

모든 사람에게 호의를 베풀 필요 없다.
우리는 어릴 적부터 타인에게 양보와
배려를 하라고 배웠지만 그것은
이상적인 교과서이기에 가능한 얘기다.

모두에게 양보하고 배려를 하면
그 점을 알아주는 게 아닌 악용하는
사람들도 분명히 있다.
즉, 나를 만만하게 보는 사람들도
생긴다는 것이다.

그러니 사람을 봐 가면서
적당히 친절하자.
나를 호구로 볼 수 없게
강단 있는 모습을 보여주자.

내가 타인에게 보여줬던 미소가

울상이 되어 내게 돌아오지 않게끔 말이다.

친구가 되기 위해선

나의 외적인 부분만 보고 접근해
사람을 떠보다가 아니다 싶으면
바로 손절하는 그런 이기적인 인간들 말고

나의 치명적인 약점을 알았어도
그 점을 덮어주며 이제라도 말해줘서
고맙다고 말해주는

그런 사람과 친구가 되어야 한다.

필요한 사람

음악 같은 사람이 있다.
그림 같은 사람이 있다.

심지어는 세찬 바람과
바다 같은 사람도 있다.

좋은 얘기 들려주고
흥미로운 모습 보여주고

나를 흔들다가도
어느새 고요히 내게 그늘을 만들어주는.

그런 사람 한 명쯤 있으면
이 세상 적지 않은 즐거움으로
틈틈이 행복을 누리며 살아갈 수 있다.

좋은 사람이란 2

좋은 사람을 찾는 방법은 생각보다 어렵지 않다.

기본을 지키는 사람.
대화를 할 때도 함께 무언가를 할 때도
선을 넘지 않으며 예의와 매너를 지키는 사람.

여기서 기본이란 곤란한 부탁을 하거나
자기 이득을 위해 나를 이용하지 않는다는
조건도 붙어있다.

기교 부리는 사람 말고
기본을 지키는 사람을 찾아 함께해라.
어설픈 테크닉에 넘어가 괜한 상처받지 마라.

관계뿐이 아닌 어떤 일이든
기본만 지켜줘도 반 이상은 성공이다.

응원할게

그대라는 나무에는 물론
좋은 친구들도 함께하겠지만

딱따구리처럼 아프게 하는 존재도
영양분을 뺏는 주위의 잡초 같은 존재도 있을 거야.
또한 세찬 폭풍에 흔들리는 날도 있겠지.

그래도 따스한 햇살과
그대를 지지하는 다람쥐 같은 존재들과
손뼉 치며 꿋꿋이 살아갔으면 좋겠어.

너무 힘들다고?
그럼 그럼. 다 알아.
다 놓아버리고 싶을 거야.

그러나 조금만 더 버티고 노력하면

그대는 분명 탐스럽고 달콤한
열매를 맺을 수 있어. 장담할게.

예쁜 꽃들도 그대 곁에서 피어나고 싶어 해.
그러니 휘어질지언정 꺾이지는 마.
살아남는다면 언제든 기회가 생기기 마련이니.

그대 곁에 행복의 별들이 수없이
머물렀으면 좋겠어.

인간관계

인간관계란 말은 단순해 보이지만
실제로는 막막할 때도 있고
길을 못 찾을 때도 있을 거야.

그 이유는 너무나 다양해. 다른 사람끼리
만나 함께하려니 호흡도 잘 맞지 않고
실수가 많아서 그런 거야. 서툴러서 그래.

그래도 계속 잘해보려 노력하는 당신은
좋은 사람들과 예쁜 인연을 맺게 될 거야.
그러니 걱정하지 마.

내가 편하고 안정적인 관계가 최우선이야.
나 싫어하는 사람 있는 거 당연하니 눈길도 주지 말고
떠나가는 사람 있으면 오는 사람도 있기 마련이니
불안해하지 말고 미련도 갖지 마.

남이 당신을 어떻게 바라보는지는
하나도 중요하지 않아.
신경도 쓰지 말고 하고 싶은 걸 해.

원래 사람에게 상처받고 사람에게 치유받는 거니
상처와 아픔을 두려워하지도 말고.

당신은 그저 당신을 알아주고 소중히 여겨 주는 사람들과
함께 힘 있게 이 세상을 누리고 살아가면 돼.

잘할 수 있어, 당신.

3장

나와 내 인생 이왕이면 지름길로

왜 그렇게 심각해

한 살 두 살 나이가 들수록
책임질 게 많아지고

이리저리 치이다 보니
마음도 많이 약해져 있을 거야.

이건 모두 더욱 성숙해지고
내가 단단해지기 위한 과정이야.

그렇다고 너무 딱딱하게 살진 않아도 돼.
때로는 애처럼 굴어도 된다는 거야.
울고 싶으면 울고
의지하고 싶으면 의지하고
놀고 싶으면 놀아.

그렇게 숨 쉴 틈이 있어야

다음 레이스를 완주할 수 있지.

그러니 너무 심각해지지 마.
단순하고 즐겁게 생각할수록
나의 짐 또한 가벼워져.

걱정이 문제를 해결해 준 건
단 한순간도 없어.

나중이란 없어

지금을 살아. 현재를 즐겨.
1년 뒤? 10년 뒤?

아니.
당장 한 시간 후도 알 수 없는 게 인생이야.

어떻게 될지도 모르는 미래 때문에
오늘의 소중한 시간을
모두 투자하지 말란 말이야.

지금까지 모든 게 너의 뜻대로 되었니?
지금까지 모든 게 너의 계획대로 실행됐니?
아니잖아. 그동안 셀 수 없는 변수들이 많았잖아.

미래를 대비하는 것도 좋지만
적어도 일부만큼은,

내 인생을 즐기며 살라는 거야.

아끼지 말고

행복한 삶을 살아.

잠겨 있지 마

좋았던 추억들이 있으면 한동안
그 기억 속에 빠져 현재와 비교하며
우울해질 때가 있다.

그러나 지나간 시간은 되돌릴 수 없다.
만져지지 않는 그 추억에 계속 닿으려 하지 말고
그 순간들을 발판 삼아 더 좋은 날들을 만들어라.
그리고 직접 느끼고 만져 보라.

좋은 일들은 너무나 많고
앞으로 우리가 살아갈 날은
기쁘도록 많이 남았으니까.

나만의 다리

남들이 뭐라던 신경 쓰지 말고
너의 길을 가.

이 얘기 저 얘기 듣다 보면
할 수 있는 게 없어.

망설이지 말고 너를 믿고 다리를 건너
그럼 너는 무엇이든 할 수 있을 거야.

패배자들이 너를 비난하는 소리에
귀 기울이지 말고 앞으로 쭉쭉 가는 거야.
그들은 네가 다리를 건너든 안 건너든
남 험담이나 하며 발전 없는 삶을 사는 사람들이니까.

잘하고 있으니까 이대로만 가.
너는 너를 좀 더 믿을 필요가 있어.

적응하면 돼

문득 찾아오는 비구름에
너를 탓하지 마.

폭우가 내리는 것도
벼락이 내리치는 것도
전부 너의 잘못이 아니니까.

그러다가도 어느 날
푸른 하늘이 보이잖아.

그때 또 마음껏 삶의 행복을
누리면 돼.

인생이란 하늘은 원래
이랬다저랬다 하는 거야.

좋은 날이 더 많아

예상치 못한 고난들이 찾아올 수 있어.
하지만 걱정하지 마.
너에겐 행복한 날들이 훨씬 더 많을 테니까.

그러니 누구에게나 찾아오는 시련 앞에서
무릎 꿇지 마.
지금까지 잘 이겨내고 잘 살아왔으니.

힘든 시기를 이겨낸 뒤에는
좋은 일들이 줄줄이 이어지는 법이야.

원하던 사랑을 하게 될지도
그토록 이루고 싶던 꿈을 이루게 될지도
귀인을 만나 생각지도 못한 기회를 잡을 수도 있어.

우리 희망을 버리지 말고 꿋꿋이 살아가자.

움츠려 있을수록 시련은 오래 머무니
고개 들고 당당히 앞을 보자.
행운은 너의 곁에 항상 머물고 있으니까.

너에겐 좋은 날들이 훨씬 더 많을 거야.
내가 두 손 모아 기도할게.

가짜 말고 진짜

아무것도 없는 빈 상자를 들킬까 봐
포장만 화려하게 하기보다는
처음부터 다 까놓고
차근차근 상자를 채워나가는 모습을 보여주자.

실속 없는 빈 상자는 그 누구에게도 감동을 줄 수 없고
가득 찬 상자는 포장을 하지 않아도
누구나 다 한눈에 알아본다.

내가 잘 채워져 있는 사람이라면
굳이 내세우지 않고 가만히 있어도
그 가치는 화려한 포장지보다도
훨씬 빛나는 법이다.

당신은 생각보다 훨씬 더 가치 있다

나의 보석을 발견하지 못했다고
내 가치가 사라지는 것은 아니다.

여전히 빛나고 있고
발견되길 기다리고 있지만

아직 찾지 못했을 뿐,
당신의 보석은 분명히 존재한다.

어설프게 당신의 가치를
짐작하지 마라.

그 누가 다이아몬드를 두고
가치를 의심한 적 있더냐.

충분히 실패할 수 있어

확률적으로만 봐도 성공할 확률보다
실패할 확률이 훨씬 크다.

당신이 이루고자 한 목표에
도달하지 못했다고

자신의 흠을 잡으며 주저앉지 마라.
당신이 못난 게 아니라

성공을 위해 당연히 거쳐야 할
관문을 하나 넘은 것뿐이다.

또한 패배와 실패를 두려워하고
익숙해지지 못한다면
나의 성공의 문은 굳게 닫힌다.

그러니 밑으로 추락할수록
올라갈 일만 남았다는 걸 기억하라.

사실 이 시점에서 가장 불안하고
겁이 나야 될 사람은 당신이 아닌
맨 위의 꼭대기에 있는 사람이다.

진정한 휴식

애써 부여잡으며 노력하지만
점점 더 힘이 빠진다면
나태해진 게 아니라 많이 지친 거다.

좋아하던 일들도 재미가 없어지고
모든 일이 무의미하게 느껴진다면
게을러진 게 아니라 많이 힘든 거다.

그리고 자주 눈물이 나고 쉽게 기분이 우울해진다면
내 잘못이 아니라 마음이 아파서 그런 거다.

그럴 때는 무작정 걸어라.
주위 신경 따위 쓰지 말고
시간도 정하지 말고
대충 챙겨 입고 길을 나서라.

그렇게 매일 걷다 보면
내 인생에 기적 같은 일이 일어난다.
기분 전환이 되고 활기가 생기기 시작한다.
그렇게 지칠 때까지 걷고 아무 생각 없이 푹 잠들어라.

하루하루 달라지는 나의 모습에
또 한번 밝은 희망이 보일 테니.

유리병

여러 감정들이 나를 괴롭혀도
꾹꾹 누르며 참고 살았다.
다른 일을 하며 모른 척하기도,
그냥 무작정 견뎌보기도 했다.

하지만 아무리 틀어막아도 조금의 빈틈 사이로
괴로운 감정들이 흘러나왔다.
이건 진정한 평화가 아니었다.

매순간 전쟁을 하며 살 수는 없지만
가끔씩은 해소해 줘야 한다.
가득 찬 감정을 비워낼 필요가 있다.
울어도 좋고 소리쳐도 좋다.

지나친 인내는 언젠가 깨져버리고 만다.

잘하고 있다

살면서 때로는
어둡고 끝이 보이지 않는
터널에 진입할 때가 있다.

그러나 지금까지 그래왔던 것처럼
한 발자국씩 걸어 나간다.

그 이유는 무엇일까.

아무리 어둡고 절망적인 상황이라도
결국엔 끝이 있다는 믿음 때문이다.

본능이 그동안의 경험을
기억하고 일으켜 세우는 것이다.

우리는 큰 고난 앞에서

두려워하고 불안해하지만

그만큼 또 한번 극복해낼 수 있다는 걸
너무나 잘 알고 있다.

어쩌면 이제는 터널 속에서도
빛을 내는 법을 배운 것일 수도 있다.

혼자가 아닙니다

잊지 말아요.
당신은 혼자가 아니에요.

어느 날, 문득 홀로 외롭게 흔들리는 날.
기억해요, 당신 곁에는 우리가 있다는 걸.

누군가의 자랑이자 가장 소중한 존재이며
기대어 등을 맡길 수 있는 버팀목 같은 사람.
바로 당신이에요.

혼자 있다고 혼자가 아니에요.
곁에 없어도 다 이어져 있어요.

지금 이 순간에도 당신을 생각하고
그리워하며 보고 싶어 하는 사람이 있습니다.

여러 책들이 당신에게 읽히기를 기다리고
예쁜 풍경들이 당신의 눈길을 사로잡으려 노력해요.

그러니 이제는 당신만
당신을 감싸 안아주면 돼요.

당신은 결코 외톨이가 아니에요.

귀중한

시들 줄 알면서도 꽃을 사는 이유는
그 모든 과정 속에서 소소한 행복이 있기 때문이죠.

우리의 인생도 다를 거 없어요.
비록 힘든 일도 있고 꺾이는 순간도 있겠지만

그 여정 속에서 흥미롭고 기쁜 날도 가득하기에
잘 버티며 살아갈 수 있는 거예요.

앞으로 살아가면서 여러 경험들을 하세요.

많이 웃기도 하고 눈물도 흘려보고,
주저앉았다가도 다시 일어나 보고.

그러한 경험들이 쌓여야 내가 더
단단해지고 온전한 행복을 누릴 수 있으니까요.

오늘은 인생에서 다시는 없을

한 번뿐인 날이에요. 소중히 살아주세요.

그리고 앞으로 찾아올 하루하루는

향기로운 꽃다발이니 예쁘게 가꿔주세요.

오리지널

나의 모습이 세모나 네모인데
애써 세상에 맞추려고
동그라미가 될 필요 없다.

우리는 우리만의 고유의 모습이 있다.
그런 개성을 무시한 채 나를 깎아가며
동그라미가 된다 한들,
이리저리 굴러다니며 상처만 입을 뿐이다.

오히려 단점이라 여겼던
각진 부분들이 미끄러지지 않게
중심을 잡아주고 있었던 것이다.

나는 세상에 하나밖에 없는
특별한 사람이다.
있는 그대로의 모습으로 살아라.

마음에 들지 않는 구석이 있다 해도
그 또한 나이기에 진심으로 존중해 줘라.

나의 영혼은 공장에서 찍어내는 듯한
그런 흔한 틀이 아니다.

단점을 미워하지 마

장점을 과도하게 내세울 필요 없고
단점을 지나치게 숨기려 할 필요 없다.

살다 보면 어느 때에 나의 장점 때문에
일이 꼬이는 경우도 생기고

반대로 나의 단점들이
사랑을 받아 빛을 보는 경우도 있다.

장점과 단점을
명확하게 구분 짓지 말자.

장점이라고 다 좋은 것도 아니고
단점이라고 다 나쁜 것도 아니다.

상황에 맞게 적절히 섞여 있는 게

가장 바람직하다.

단점 덕분에 장점이 돋보일 수 있다는 점을
잊지 말자.

단점이란 건 잘 활용만 하면
원래 있던 장점보다도 더 가치 있는 모습으로
돌변하기도 한다.

인스타그램 따위

왜 다른 사람과 나의 삶을 비교하는 걸까?
보이고 들리는 게 전부가 아닌데 말이다.
누가 어떻게 살던 나는 나의 인생에
집중하면 된다.

내가 동경해야 할 건
화려한 사진 조각 따위가 아니라,
그런 결과를 만들어 낼 수 있었던
열정과 노력이다.

또한 내가 반성해야 할 건
현재의 내 모습이 아니라,
타인을 보며 위축되게 만들었던
나쁜 열등감이다.

그 어떤 빛나 보이는 인생이라도

다음 페이지를 넘겨보면
어둠과 아픔도 공존하는 법이다.

남부러워할 시간에
조금이라도 내 앞길을 닦는 게 백배는 낫다.

힘들고 어려워도 내 인생을
잘 살아가면 그게 최고란 말이다.

너무 예민할 필요 없어

사소한 시빗거리들에 신경 쓰며 살지 말자.
나만 날카로워지고
그럴수록 기분만 안 좋아진다.

원래 사는 게 이런 일도 있고
저런 일도 있다.

좋지 않은 일에는 얼른 생각을 끊고
다른 곳에 포커스를 맞추자.

그게 습관이 되면
하루하루 가벼운 기분으로
살아갈 수 있다.

대신 내 일에 집중하자.
오늘 컨디션은 괜찮은지,

해야 할 일은 무엇인지,
스트레스는 어떻게 해소할지 말이다.

작은 먼지들까지 신경 쓰다 보면
산 정상에 올라가서도 큰 호흡을 할 수 없다.

내키는 대로 살아볼 필요가 있다

지금보다 조금 더 뻔뻔해질 필요가 있다.
남의 눈치만 보느라 나답게 살지 못하고
그로 인해 깊은 후회를 해본 적 있지 않은가.

얼굴에 철판 깔고 하고 싶은 걸 해라.
도전하고 싶은 게 있으면 도전하고
최선을 다해 무언가에 미쳐보기도 해라.
그게 너의 본 모습이다.

진정한 나를 끌어내려면
머리에 나사 하나 풀린 듯한
뻔뻔함이 필요하다.

하루하루 너무 많은 고민을 하고
다른 사람 얘기에 휘둘리며
현재에 안주해 저 멀리서

너의 빛을 바라보기만 하는 일은 그만두라는 얘기다.

일단 너의 방식으로 저질러라.
성공하면 잘한 거고 실패하더라도
후회 없는 경험이 될 뿐이다.

나중에 죽기 직전 뭐 하나 제대로
내 마음대로 걸어본 길이 없다면
얼마나 아쉽겠는가.

고집은 이럴 때 부리라고 있는 것이다.

명심

너무 열심히 살지 않아도 되나,
그 대신 후회하지 말 것.

실패했어도 잘했으니
예쁜 꿈을 놓치지 말 것.

최선을 다해 사랑하되
이별에 목매지 말 것.

나를 사랑하는 일은
어느 때나 멈추지 말 것.

밝은 면을 봐

나의 어둠을 억지로 지워보려 하지 마.
자꾸 바라보면 따갑고 쓰라리기만 해.

그러지 말고 눈앞에 있는 별들을 봐.
작지만 이렇게 빛나고 있다고
우리에게 힘을 주고 있잖아.

사소하지만 아름다운 것들이 이렇게 많아.
좋은 것만 보고 좋은 것만 듣기에도 모자라.

애써 어둠을 꺼내볼 필요는 없어.
너만의 소중한 밝은 면을 봐.

꽃이 준 교훈

길을 가다 우연히 마주친 꽃 한 송이,
나를 보며 웃고 있었다.

바람에 흔들릴 때도 있을 테고
들풀에 치일 때도 있을 텐데.
어찌 너는 그렇게 미소를 띠니?

꽃에게 묻자 이내 꽃잎 하나
날려 보내 나에게 건네준다.

그래. 힘들수록 나누고
웃음을 놓쳐서는 안 되는구나.

부디 우리 모두 활짝 피기를
자신만의 향기를 잃지 않기를 바랄게.

나의 역할

하늘같은 사람이 되고 싶다.

슬플 때 먹구름을 불러 함께 울어주고,
기쁠 때 맑은 햇살 띄워 축하해 주고,
심지어는 어둠을 밝히는 별까지 빛내며
나를 보며 희망을 품고 안도하는
사람들을 지키고 싶다.

그렇게 나의 역할을 다한 뒤
가끔 누군가가 하늘을 바라보며
미소 짓고 있는다면

그것만으로도
나는 나로서 충분히 보람 있는
일을 한 것이 아닐까 생각해 본다.

모든 건 적당히

때로는 겸손하게 나를 낮출 줄도 알고
잘못한 일에는 사과를 하는 게 현명하지만

그렇다고 미안하다는 말, 죄송하다는 말,
많이 하지 말아요.

한번 굽히는 게 습관이 되면
계속 스스로가 작아지고 위축되며
자신감도 잃기 마련입니다.

모든 건 적당히
때에 맞게 행동하세요.

대부분의 문제는 나의
잘못만 있는 게 아니니까.
쉽게 머리 숙이지 말아요.

타인의 기분을 존중하는
자세도 필요하지만
나의 기분을 살피고 지키는 것 또한
충분히 중요한 일입니다.

변환점

나를 비난하는 생각.
나를 아프게 하는 생각.
나를 슬프게 하는 생각.

이런 필요 없는 같은 생각들 그만하고
빛나는 생각들로 나를 밝히자.

충분히 사랑받아 마땅한 사람이라는 걸,
찾아보면 할 줄 아는 게 많은 사람이라는 걸,
예쁜 희망을 꿈꿔도 되는 사람이라는 걸,
명심하고 머릿속에 새겨 넣자.

앞으로 모든 일이 차근차근
풀려나갈 테고 좋은 사람들이
곁에 머물며 행복한 삶을 살아갈 수 있어.
하지만 그전에 내 생각이 바뀌어야 해.

그러니 우리가 가지고 있는 밝은 빛을 믿기로 하자.

너의 마음이 바뀌면.

너의 인생이 달라져.

나를 사랑하는 방법

누군가에겐 가장 쉽지만 어떤 사람에겐
가장 어려운 나를 사랑하는 방법을
알려주고 싶어요.

자신을 타박하지 말고 일이 잘 안 풀려도
'그럴 수도 있지'라는 생각을 하세요.

누가 뭐라 해도 나는 내가 좋다는
태도를 가지세요.

아무리 사소한 일이라도
좋은 일 있으면 꼬집어서 기쁨을 누리세요.

나를 사랑하는 방법에도 꾸준한 노력과
연습이 필요합니다.

그렇게 하루하루 조금씩이나마 실천한다면
멀지 않은 미래에 나를 더 소중히 챙기고
아껴주는 날이 올 거예요.

그리고 그제야 비로소
나에게 찾아오는 행복을 온전히
받아들일 수 있을 거예요.

아무 이유 없이 나를 사랑하세요.
당신에게 보이고 들리고 느껴지는
세상이 180도 달라져 있을 겁니다.

최선을 다했다면 그걸로 된 거야

열심히 사는데 내 삶이 만족스럽지 못한다면
기준점이 내가 아닌 타인의 시선에
맞춰져 있어서 그럴지도 몰라.

내가 최선을 다하고 있다면
아무 문제없어 정말 잘하고 있는 거야.

그러니 스스로의 삶을 의심하지 말고
다독여주고 굳게 믿어줘.

이미 충분히 멋지게
살고 있는 거니까.

무너질 때면

괜찮지 않은데 괜찮은 척하면 더 힘들어진다.
사람들 앞이라고 애써 억지 미소를 지을 필요 없다.

힘들면 엉엉 울고
더 힘들면 누구에게든 털어놓고 이야기를 나눠라.
의지가 필요할 땐 의지해라.

너무 꼿꼿하면
부러지기 십상이다.

때로는 휘어져 세상을 바라보는 편이
나에게 안정감을 준다.

바람에 따라 이리저리 움직이는 갈대가
참 편해 보였다.

나를 먼저 돌아보길

정작 나는 웃음을 잃었는데
누군가 나에게 친절하길 바라고.

내 가슴에 사랑이 식었는데
누군가 나를 사랑하길 바라고.

부정적인 생각이 가득한데
인정받길 바라는 건
미끼 없이 낚시를 하는 것과 같더라.

먼저 내가 나에게 친절하고
긍정적으로 바라봐 줘야.
물고기들이 몰려오더라.

장인은 낚싯대를 탓하지 않더라.

예뻐지는 방법

오드리 햅번은 말했다.

아름다운 입술을 가지고 싶으면
친절한 말을 하라.

사랑스러운 눈을 갖고 싶으면
사람들의 좋은 점을 봐라.

날씬한 몸매를 갖고 싶으면
나의 음식을 배고픈 사람과 나누어라.

성형수술보다도 훨씬 쉽고 의미 있는 방법이다.
오늘부터 더 예뻐지기로 하는 건 어떨까?

외면이 예쁜 건 잠깐.
사람은 내면이 아름다운 이에게 홀린다.

혼자만의 여행

견딜 수 없어서 많이 힘들어서
혼자 잘 알지 못하는 곳으로 떠났다.

어색한 공간 새로운 사람들.
내가 자던 곳과 많이 다른 숙소.
모든 게 신선했고 그곳에서
혼자만의 시간을 보냈다.

하루는 피곤해서 푹 쉬고
이틀째가 되니 여러 가지
깨달음을 얻었다.

그동안 많은 핑계로 나를
돌보지 못했구나.
나를 사랑한다 말하면서
내게 눈길조차 주지 않았구나.

나를 위로하며 달래주었다.

그러자 문득 이런 생각이 들었다.
힘들 때만 이럴 게 아니라
삶을 살아가면서 앞만 보며 달리지 않고
때로는 멈춰서 나의 상태를 확인하며
치유해 줘야 한다고 말이다.

나를 되돌아보고
돌보는 일에 인색해지지 말자.
나를 관리하면 나와 관련된
모든 것을 함께 관리하는 것과 같다.

내 상태가 파란불이어야
다음 길을 사고 없이 건널 수 있다.

혼자서도 잘할 수 있어

타인으로부터 얻는 행복에는 한계가 있다.
혼자서도 나를 꾸미고 즐겁게 살아나가야 한다.

모두에게 인정받으려 하지 말고,
모두에게 사랑받으려 하지 말자.

나의 행복을 누군가에게 기대어
의지한다면 그 순간은 좋을 수 있겠으나
외로움과 공허함을 동반한다.

먼저 내가 나를 행복하게 해줄 수 있어야
그 외의 나머지 행복들도 챙길 수 있는 것이다.

혼자서도 활짝 피고
향기를 머금은 꽃이 되자.

틀린 건 없어

삶이라는 길에서
정답은 없어.

이왕이면
네가 가고 싶은 길을 가.

어떨지는 몰라도
최소한 원하던 풍경들이 너를 반겨주고 있을 거야.

그리고 아니라면
다시 돌아서 새로운 길을 가면 돼.

복잡하게 생각할 필요 없어.

길이란 건 그 어떤 길이든
걸어 나가기만 하면 되는 거야.

욕심내기보다

많이 바라기보다는
온전히 나로 살아갈 수 있었으면 좋겠어.

창밖에 별을 보고 누군가를 떠올리기도
작은 감동에 눈물이 글썽이기도 하며
솔직하게 웃고 우는 거.

그거면 충분한 것 같아.

마음가짐

못 한다고 생각하면 못 하는 거고
할 수 없다 생각하면 할 수 없는 것이다.

그러나 반대로

이룰 수 있다 생각하면 문이 열리고
해낼 수 있다 말한다면 목표가 눈에 보인다.

그리고 결국 신기루 같던 꿈이
현실이 된다.

보석

소중한 게 있다면
나 또한 더욱 소중해지고

아름다움을 느낄 수 있다면
삶을 더 아름답게 만들 수 있고

사랑하는 사람이 있다면
지금보다 더 사랑스러워질 수 있다.

내가 가지고 있어야 할 건
내면의 액세서리들이다.

재정비

잘 가다가 넘어졌으면
잠시 쉬었다 가도 된다.

바람도 좀 쐬고 생각도 정리하고
그러다 눈물이 나면 엉엉 울어도 보고

아픈 상처 잘 여물 때까지
기다리면 이 또한 다 지나간다.

힘들면 풍경도 보고
맛있는 것도 먹고

그렇게 재정비를 해야
내 마음에 잔고장이 안 난다.

잡념이 많으면 움직여

시간이 약이라며
가만히 방치하는 것보다

할 수 있는 걸 하는 게
여러모로 나에게 좋다.

지금 내가 결정할 수 있는 건
할 일을 하느냐 미루냐
단 두 가지 일뿐이다.

할 일을 끝내고 나면
후회는 없다.
내 상태가 더 개운해진다.

내가 약해졌다고
이불 속에만 있을 필요 없다.

콤플렉스

지금 나에게 볼품없는 구석이 있다면
그것이 무엇이 되었든 갈고닦으며 노력해라.
아무 노력 없이 빛나는 존재는 드물다.

그 예쁜 보석들도 장인들의
정성스러운 손길이 있었기에 아름다울 수 있을 뿐.
원석이었을 때는 투박하기 짝이 없었다.

세상에는 자신의 콤플렉스를 극복하고 활용해
자신을 빛나게 하는 사람도 있다.

처음부터 완벽을 추구하지 말고
하나둘씩 노력하고 변해가라.

나의 원석들을 가만히 놔두기엔
너무 아깝지 않은가.

근자감

아무 이유 없이 나 잘난 맛에 살아가라.
근자감이라고 근거 없는 자신감은
살면서 꼭 필요한 요소이다.

스스로가 별 볼일 없어 보인다고 축 처져서는
위축되어 살아가는 것만큼 바보 같은 일은 없다.

그럴 바에 차라리 재수 없을 만큼
잘난 척하며 살아가는 게 백배는 낫다.

세상 사람 다 손가락질해도
신경 쓰지 말고 너 하나만큼은
너를 감싸 안고 사랑해 줘라.

내 가치는 내가 정하는 것이다.
너는 충분히 잘난 맛에 살아가도 된다.

망설이지 말고 시작하면 돼

무언가를 시도할까 말까 고민된다면
망설이지 말고 시작해라.

생각이 많아지면 용기는 사라지고
용기가 사라지면 그 무엇도 할 수 없다.

한 번 사는 인생 일단 해보는 거다.

시도해서 후회하는 것보다
포기해서 후회하는 미련이 언제나 더 크다.

모든 건 때가 있다.
할 수 있을 때 손을 뻗어 기회를 잡아라.

SCENE
CUT
TAKE
DATE
ROLL

걱정이 습관인 사람

꼬리에 꼬리를 무는 걱정은 단호하게 끊어내야 한다.

이것만 해결되면 괜찮을 것 같아도
막상 해결되고 나면 다른 걱정거리를 끌고 온다.

백날 천 날 고민해 봐야
일어난 일은 주워 담을 수 없고
찾아올 일은 막을 수 없다.

힘들겠지만 그런 잡념들은
코를 푼 휴지라 생각하고 열어 보아선 안 된다.

내일은 없다 생각하고
지금 이 순간만을 살아라.

너의 걱정은 실제로 일어나지 않는 일들이다.

좋아하고 잘하는 게 없다면

지금 당장 좋아하고 잘하는 게 없다고
조급해하며 나 자신을 함부로 판단해서는 안 된다.

나도 내가 좋아하고 잘하는 일을 찾기까지
많은 시간과 노력이 필요했다.

잘하는 일을 찾고 싶다면
하나의 우물을 깊이 파보면 되고

좋아하는 일을 찾고 싶다면
다양한 일에 취미를 가져보면 된다.

그렇게 노력하다 보면 어느 날
내가 좋아하고 잘할 수 있는 일이 툭 하고 튀어나온다.

그리고 그 분야에 책도 읽어보고 경험도

쌓으며 공부하다 보면 어느새 나만의
노하우도 생긴다.

무엇보다 스마트폰 하는 시간의
반 정도만 나에게 투자해도
할 수 있고 해볼 수 있는 일들이 너무나 많다.

게으르지만 않으면
충분히 나만의 길을 찾을 수 있다.

지금 이 순간

많은 사람들이
그때가 참 행복했지 하며
좋았던 순간들을 떠올린다.

하지만 잘 생각해 보면
지금 행복하지 못하면
미래에 오늘을 떠올렸을 때
남는 건 별거 없을 것이다.

그러므로 지금 현재가 행복해야
나의 미래도 과거도 행복할 수 있다.

엄청나게 큰 행복을 찾으려 하지 말고
오늘의 사소한 기쁨 하나에도
행복을 누리는 사람이 되었으면 좋겠다.

자존감 높이기

나는 세상에서 가장 소중하고
특별한 사람이며 사랑스러운 사람이다.

힘든 고비가 있어도 이겨낼 수 있고
느리더라도 발전할 수 있다.

내가 꿈꾸던 삶을
언젠가 꼭 이루어 낼 수 있다.

하나하나 예쁜 조각들이 모여
결국 내 인생에 멋진 퍼즐이 완성될 것이다.

나라는 작품은 우주가 만든
최고의 걸작이다.

행복론

행복이란 내가 누리는 기본적인 것들이 아닐까 싶다.

맛있는 밥을 먹을 수 있고
사랑을 할 수 있고 편히 잠들 수 있다는 것.

세상을 살아가며 모진 고통이 있어도
이 같은 사소한 행복들이 있기에
내일을 바라보며 또 한 번 살아갈 수 있다.

물론 부귀영화를 누리면 좋겠지만
그러지 않더라도

가끔 누군가와 밤하늘의 별을
바라보는 여유 정도만 있어도

소소하게 행복하게 매일을 살아갈 수 있다.

물감

세상에서 가장 아름다운 색깔은
무지개의 빨강, 주황, 노랑, 초록, 파랑, 남색, 보라가 아닌
그 어느에게도 물들지 않은 나만의 색깔이다.

다른 누군가의 색이 탐나고
예뻐 보인다고
그 색을 훔칠 필요 없다.

나에겐 나의 색깔이 가장
잘 어울린다.

여러 색깔이 섞이면
결국 검은색이 된다는 걸 잊지 말길.

당신만의 독특한 색깔로 빛나라.

당신의 버팀목

많이 힘들고 지쳤을 당신에게
잠시나마 쉬어갈 수 있는 의자가 되어 주고 싶다.

상처받고 눈물을 흘렸을 당신에게
포근한 이불이 되어 주고 싶다.

웃음을 잃고 현실과 타협한 당신에게
즐거운 코미디 영화가 되어 주고 싶다.

행복하고 싶지만 마음처럼 되지 않는 삶 속에서
대단히도 잘 버텨내고 이겨내는 당신이다.

결국 모든 일이 잘 풀려나갈 테니
너무 걱정하지 마라.
그저 지금 자신의 위치에서
할 수 있는 일을 하며 살아가면 된다.

마음이 추웠을 당신을 위해
종잇장 사이로 온기를 불어넣었다.
아무 생각 없이 편해지고 싶다면
가끔씩 들러주길.

나는 언제나 당신의 편이다.

준비해 둬

영원히 행복할 수 없지만
영원히 불행할 수도 없어.

사랑에 치이기도 하겠지만
그보다 더 충만한 사랑을 받을 테고,

뒤로 한 발짝 물러설 때도 있겠지만
세 발자국 더 앞으로 갈 때도 있을 거야.

그리고 후회도 하겠지만
원하던 바람이 이루어지기도 할 거야.

그러니 지금 내 인생에 꽃샘바람이 분다고
겁먹은 채 움츠려 있지 마.

오히려 더 움직여서 열을 내.

얼어있던 나를 녹이는 거야.

그리고 머지않아 다시 한 번 봄이 찾아오면
너는 또다시 싱그럽게 살아갈 수 있어.

항상 마음에 스트레칭을 해 둬.
봄 햇살이 내리쬘 때 두 손 뻗어
닿을 만큼 높이 점프할 수 있게.

에필로그

가끔 산책을 하며 감성이 차오른 날에는
조금 더 올라가 야경을 보기도 합니다.
참 아름답고 예술적입니다.

하지만 이 모든 것은
이 세상을 살아가는 사람 한 명 한 명이 모여
비추는 예쁜 불빛이라 생각해요.

현재 내 인생이 비극적이라 생각하는 사람도 있겠지만
그마저도 다시 빛을 내려 노력하는 모습들은
웬만한 드라마 저리 가라 할 정도로 감동적이더군요.

현재를 살아가고

지금의 나를 사랑하세요.

아무리 어둡고 추워도
가슴속에 있는 불씨를 잠재우지 마세요.
해낼 수 있고 할 수 있습니다.

행복하고 기특한 사람이 되길 간절히 기도할게요.

그러니 잊지 마세요.
당신의 불빛은 아직 꺼지지 않았습니다.

남궁원